쇼핑과 나

이세탄에서 사랑을 담아

쇼핑과 나

이세탄에서 사랑을 담아

야마우치 마리코 지음   박선형 옮김   김실

차례

일러두기

1. 이 책은 山内マリコ, 『買い物とわたし: お伊勢丹より愛をこめて』, 2016, 文春文庫를 우리말로 옮긴 것입니다.
2. 모든 각주는 옮긴이의 것입니다.
3. 본문에서 옮긴이가 첨가한 내용은 대괄호로 묶어 표시했습니다.
4. 단행본, 잡지에는 겹낫표를, 노래, TV 프로그램, 영화 등에는 낫표를 사용했습니다.

시작부터 참으로 속물스러운 말이긴 하지만, 우리네 삶이란 곧 쇼핑이다. 먹는 것부터 시작해 무엇 하나 쇼핑 없이는 살아갈 수 없는 세상이다. 나를 포함해 쇼핑을 좋아하는 여성은 많고 우리를 대상으로 한 상품이 거리나 인터넷에서 나날이 넘쳐난다.

쇼핑은 즐겁다. 그러나 물론 돈은 유한하니 이것도 저것도 다 가질 수는 없다. 돈도 돈이거니와 보관할 공간도 문제다. 그러다 보니 내가 그 물건의 어떤 점에 마음을 빼앗겼냐가 무엇보다 가장 중요해진다. 계산대에서 무심히 값을 치르는 행위도 사실은 숙고의 결과이고, 몸에 두른 전부는 그 축적인 셈이다. 조금 거창하게 말해 쇼핑에 대한 태도는 그대로 삶의 방식과 직결된다.

이 책은 『주간 문춘』週刊文春*에 2014년 봄부터 1년여간 연재한 에세이 '이세탄에서 사랑을 담아'お伊勢丹より愛をこめて를 엮은 것이다. 쇼핑을 주제로 좋아하는 것에 관한 이야기, 삶의 태도, 쇼핑 방식, 처분 요령, 최근의 소비 경향, 약간의 환경 의식, 나아가 현대 사회의 모습까지 들여다본 이야기들을 모았다.

싸고 귀여운 대량 소비에 취해 있던 이십대를 뒤로

* 일본의 종합 출판사 분게이순주에서 발행하는 주간 시사 잡지.

하고, 조금 비싸도 오래 쓸 수 있는 양품에 눈이 가기 시작한 서른셋에서 서른넷 무렵에 걸쳐 쓴 글들이다. 연재 도중에 결혼을 하고 신혼집으로 이사를 하게 되면서 물건을 많이 사들인 시기였다.

스스로 번 돈으로 좋아하는 것을 사는 자유를 예찬하면서도, 내가 불황 속에서 자란 세대여서인지, 시대가 물건을 진지하게 대하기를 요구해서인지 마냥 천진하게 소비를 즐기기만 할 수는 없었다. 그럼에도 망설임 없이 추천할 수 있는 좋은 물건을 지면을 통해 소개하고 또 공감을 얻을 수 있어 더없이 기뻤다.

매번 매력적인 일러스트를 그려 주신 가와하라 미즈마루 씨, 편집을 담당해 준 구와나 히토미 씨, 사랑스러운 책으로 탄생시켜 준 가토 아야코 씨, 감사합니다.

무엇보다 이 책을 힘들게 번 돈으로 구입해 주신 독자 여러분께 마음을 담아 깊은 감사를 드립니다. 모쪼록 책값이 아깝지 않게 읽어 주시기를!

다다른 곳은 프라다 지갑

　　스물다섯을 조금 넘었을 무렵. 오랜만에 만난 고등학교 동창의 지갑이 루이 비통 장지갑으로 바뀐 것을 보고 움찔한 적이 있다. 아직도 학생 스타일에서 벗어나지 못하던 내게 루이 비통의 지갑은 어딘가 다른 세상의 아이템 같아, '친구야, 넌 벌써 그런 어른이 되었구나…' 속으로 생각하며 서글퍼했다.

　　그때 나는 대학 시절 고향 도야마의 편집 매장에서 산 일 비종떼Il Bisonte 중지갑을 쓰고 있었다. 일 비종떼는 이탈리아의 가죽 제품 브랜드인데, 내가 구입한 가격은 2만 6천 엔 정도였을 것이다. 번듯한 회사에 취직한 사회 초년생 친구와 취직하지 않고 빈둥빈둥 살아온 내 인생의 차이가 지갑의 모습으로 드러난 것만 같았다.

　　명품에는 관심 없다며 큰소리쳤지만 루이 비통 지갑은 솔직히 조금 부러웠다. 하지만 손때로 흐물흐물 낡아진 일 비종떼의 갈색 지갑이 내게는 잘 어울린다고 느꼈기에 새로 사야겠다는 마음은 들지 않았다(물론 돈도 없었지만!). 그랬던 내가 명품 지갑이 갖고 싶어 눈에 핏발을 세우게 된 것은 그로부터 7년 후인 서른두 살이 되어서다. 2012년 첫 단행본 출간과 함께 길었던 니트NEET* 문학도 시대에 안녕을 고할 무렵까지도 여전히 일 비종떼를 쓰고 있었는데, 나도 나름대로 한 명의 '작가'가 되었음을 자각하자

불현듯 그 지갑이 부끄러워졌다. 일 비종떼도 물론 좋은 브랜드지만 지갑은 2년에 한 번 주기로 바꿔 주는 것이 운수에 좋다는 이야기까지 있거늘 10년을 넘게 쓰고 있다니 역시 불길하지 않은가.

아무튼 사람들 앞에 꺼내 보였을 때 부끄럽지 않은 지갑을 가지고 싶어졌고 그 말인즉슨 명품 지갑을 가지고 싶어졌다는 것. 드디어 나도 루이 비통 지갑을 가지고 다니던 동창과 같은 입장에 서게 된 것이다. 분명 그도 사회인으로서 남부끄럽지 않은 지갑을 찾다 루이 비통에 다다른 것일 터. '아, 친구여, 지금 이 순간 너와 함께 쇼핑을 하고 싶구나….' 그런 생각을 하며 홀로 이세탄 님을 헤맸다.

여기서 '이세탄 님'お伊勢丹이란 신주쿠 산초메에 위치한, 체크 무늬 쇼핑백으로도 유명한 이세탄 백화점 신주쿠점을 말한다. 불황으로 경영난에 빠진 백화점만 보며 자란 나에게 이세탄 님은 늘 백화점에 대한 경외심과 동경심을 불러일으켜 주는 특별한 장소이다.

7년이라는 세월을 흘려보낸 끝에 사회인 대열에 서게 된 내가 고른 명품 지갑이 바로 쇼케이스에 우아하게 자리 잡고 있던 핑크 베이지 프라다 장지갑이었다. 단단하고 만듦새가 꼼꼼한 데다가 고급 가죽 특유의 은은한 향기가 좋았다. 구입 후 한동안은 틈만 나면 지갑에 코를 대고 '습하, 습하' 무슨 시너라도 들이마시듯 가죽 냄새를 맡았다.

---

* 'Not in Education, Employment or Training'의 줄임말로 취업 의사가 없는 백수를 일컫는 신조어.

그건 그렇고 9만 엔이라니 상당히 고가다. 지갑이 원래 이렇게 비싼 것이었던가. 깜짝 놀랐다. 그리고 의기양양하게 매장을 나오면서 마음속으로 속삭였다.

"일 열심히 하자…."

생애 첫 명품 장만에 망설임 없이 프라다를 고른 이유가 뭐냐고요? 오자와 겐지小沢健二의 「통쾌 두근두근 거리」痛快ウキウキ通り가 미친 영향이 지대했다고 말할 수밖에 없겠습니다. 단언컨대 이 곡에 의해 한 세대가 프라다에 품은 이미지는 금테를 두르게 되었어요.** 물론 오자와 겐지가 프라다에서 협찬을 받거나 하지는 않았겠지요. 참고로 이 책에 소개하는 모든 상품은 사비를 들여 구입한 것임을 밝혀 둡니다.

** 1995년 발표된 오자와 겐지의 노래 「통쾌 두근두근 거리」에는 프라다 구두를 가지고 싶다는 연인의 말을 떠올리며 거리로 나서는 화자가 등장한다.

그레이 파카는 제2의 피부

　　무엇을 입을지가 고민인 간절기에 구세주처럼 나타난 스웨트 파카! 셔츠 한 장만으로는 쌀쌀할 때 안성맞춤인 만능 아이템이다. 유니클로 같은 곳에는 온갖 색상이 갖추어져 있지만 나는 뭐니 뭐니 해도 그레이가 제격이라 생각한다. 비석을 떠올리게 하는 옅은 회색은 어떤 색과도 잘 어울린다. 그래서 한번 입으면 찰떡같이 소화되는 그 맛에 포로가 되어 버린달까, 도무지 손을 뗄 수 없게 된다. 특히 초봄이나 가을 같은 간절기에는 그레이 파카로 체온 조절을 하는 사람들을 거리 곳곳에서 볼 수 있다.

　　나도 오랫동안 그레이 파카를 잘 입다가 어느 날 문득 싫증이 나서 '이깟 것!' 하고 버려 버렸다. 누군가 '편리한 것이란 대개 품위가 없다'고 했던가. 그레이 파카를 입을수록 텐션이 떨어져 의욕을 잃는다는 게 큰 결점이다. 존재 자체가 볼품없는 대학생 같달까, 숙명적으로 초라함을 장착한 아이템이라 여간해서는 멋스럽게 입기 어렵다. 어떤 저렴한 아이템도 푸릇푸릇 빛나는 젊음으로 적당히 포장이 되는 이십대는 그렇다 쳐도, 젊은 기운이 한풀 꺾인 삼십대의 나와 그레이 파카는 궁합이 썩 좋지 않다.

　　그런데 옷장에서 파카가 없어지고 나니 정작 옷 입기가 난감해졌다. 니트는 덥고 카디건으로는 서늘하다. 변덕 심한 날씨에 유연하게 대응해 주는 아이템으로는 역시 파카 이상의 것은 없는 듯하다. 그래서 결국 궁극의 그레이 파카를 찾아 쇼핑 여행을 나섰다.

번화가의 한 편집 매장에서 점원에게 추천받아 처음 보는 로고가 적힌 2만 엔대의 고급 파카를 입어 보니 거의 가수 리아나Rihanna 느낌이 나는 것 아닌가. 같은 파카라도 내가 입던 SPA 브랜드와 래퍼가 입는 게 이렇게 다른가 싶을 정도로 가격에 따라 등급 차이가 나는 것 같았다. 리아나 파카를 입으면 필요 이상으로 멋쟁이가 되는데 싼 파카는 입는 즉시 궁상맞아지는 느낌이랄까. 어느 쪽으로도 치우치지 않은 중간 수준의 파카는 세상에 없는 걸까?

그렇게 매장 안을 둘러보면서 혼잣말로 중얼거렸더니 점원이 "파카라면 역시 드레스테리어Dressterior죠" 하고 알려 주었다. 패션 피플 사이에서 알려진 유명 파카란다. 좋아, 질러! 바로 집으로 데려왔다(가격은 약 1만 6천 엔). 확실히 디자인이 예쁘고 느낌 있다. 다만 핏을 강조하다 보니 약간 타이트해서 안에 두껍게 겹쳐 입지 못하는 것이 단점이다. 민소매나 기껏해야 반팔 셔츠 위에 살짝 걸치는 것이 이 파카를 멋있게 입는 올바른 방식이겠다(소매통이 엄청 좁다).

솔직히 파카로서는 실격이지 싶다. 내가 찾는 진정한 그레이 파카란 함께 맞춰 입을 옷이 절대 고민되어서는 안 되는, 즉 모든 것을 있는 그대로 받아들이는 도량이 넓은 아이템이어야 한다.

그렇게 지금까지 아이템 본래의 편리성과 적당한 세련미를 두루 갖춘 궁극의 파카를 만나지 못하고 있다.

이 글을 마치고, 자주 가는 투모로랜드Tomorrowland에서 맥
피Macphee 파카를 사서 한참을 애용했습니다. 안감이 보아 소
재이고 후드 안쪽은 페이크 퍼로 되어 있는데 가격은 1만 6천
엔 정도였어요. 여유 있는 스타일에 제법 따뜻해서 즐겨 입게
되었지요. 너무 자주 입다 보니 너덜너덜해져 지금은 집에서
입고 있어요. 얇은 옷 위에 우리 집 고양이(모모치)를 안을 때
걸치는 용도로 착용하고 있답니다.

동백 오일과 마유 크림

언젠가부터 스무 살 즈음의 젊은 여자들의 피부와 머리카락이 문자 그대로 빛나 보이기 시작했다. 머리카락은 수분 가득히 촉촉하고 봉긋하게 부푼 볼이 반짝인다. 나도 모르게 붙잡고 '스킨 뭐 써요?' 물어보고 싶을 정도로 눈부시다. '내가 오사카의 시골구석에서 이래저래 시간을 보내던 이십대 때는 주변에 이렇게 빛나는 피부를 가진 사람이 없었어, 역시 도쿄 애들은 달라!'라고 생각도 해 봤지만, 아니다. 내가 나이를 먹었을 뿐이다. 젊음의 소중함을 이때 겨우 깨달은 것이다.

실제로 젊은 사람들은 젊음에 무관심할 뿐만 아니라 혐오하기까지 한다. 나도 십대에서 이십대 초반까지는 거울을 볼 때 모공과 코에 생긴 블랙 헤드만 들여다보고, 아무리 감아도 반나절이 지나면 끈적이는 내 지성 두피가 싫었다. 그러고 보니 이십대 때 있었던 일인데, 아빠와 오빠가 친척 집에서 찍은 내 어린 사진을 발견하고는 그 모습이 너무 귀엽다며 호들갑스럽게 전화까지 걸어 온 적이 있다. 진짜 그렇게 귀엽게 나왔나 내심 기대를 하고 사진을 봤더니 귀엽기는커녕 볼만 터질 듯한 찐빵 같이 빵빵해 크게 실망한 기억이 있다. 그때 그 사진 속 내 모습은 빛나는 젊음 자체였지만 젊었던 내겐 그것이 보이지 않았다. 역시 젊음의 위대함은 젊은이에겐 보이지 않는 법.

그래서 요지가 무엇이냐면, 서른을 넘기자 지방이 급격히 줄어들었다는 사실이다. 피부의 윤기도 머리카락의 윤기도 전부 지방으로 이루어지기에…. 겨우 고생해서 흑발로 되돌려도 지방이 없는 탓에 왕년의 윤기는 사라지고 질감도 묘하게 푸석하며 피부가 당길까 봐 파우더 파운데이션도 쓰지 못한다. 그래서 결국 다다르게 된 것이 소설가 우노 지요宇野千代 스타일의 오일을 얼굴에 직접 바르는 피부 관리법이다.

신문 등에서 우노 지요 사부님께서 감수한 올리브 오일 광고를 종종 발견하지만 내가 요즘 애용하는 것은 교토 여행에서 구입한 지도리야ちどりや* 동백 오일(1,400엔+세금)이다. 이것을 손바닥에 몇 방울 떨어뜨려(예전엔 한 방울이었지만 요즘은 네 방울까지) 입욕 후 젖은 피부에 가볍게 바르고 다음으로 스킨과 로션을 바른다. 마무리로 "유능한 직장 여성들이 애용!" 광고 문구가 인상적인 마유 크림(메이쇼쿠 화장품明色化粧品 리모이스트 크림, 약 1천 엔)을 바르면 다음 날 놀랄 정도로 피부가 촉촉해진다(자기 전까지는 끈적이지만).

참고로 오일도 크림도 저가형을 쓰는 이유는 나중을 대비해서라고 해 두자. 한번 고가 화장품(1만 엔 이상의 에센스나 라 메르La Mer 등)을 사용했다가 피부가 거기 적응하면 다시는 저가 제품으로 효과를 보지 못한다는 속설에 겁을 먹어서, 스킨 케어는 가격과 연령을 고려해 조금씩

* 교토에 위치한 전통 공예 소품 가게로 천연 화장품 등도 판매하고 있다.

가격대를 올려 나간다는 전략인 것이다. 이렇게 최종점으로 꼽히는 도모호른 링클Domohorn Wrinkle** 을 주문할 시기를 미루고 있다는 말씀.

여기엔 후일담이 있습니다. 칼럼 게재 직후 사이슌칸 제약소에서 연락이 왔거든요. 항의일까 봐 흠칫했는데, "고가 제품을 쓰다가 저가 제품으로 바꾼다고 효과가 떨어지지 않으니 젊은 분들이 부담 갖지 않고 사용해 주셨으면 합니다"라는 내용이었습니다. 그 후 실제로 도모호른 링클을 사용하고 패션지에 후기를 전하게 되기도 했어요. 정말로 저가 화장품으로 돌아가도 아무 문제 없었습니다!

** 기능성 화장품 회사 사이슌칸 제약소再春館製薬所의 대표 화장품이다.

오키나와의 착한 부끄럼쟁이 야치문 그릇

2014년 3월, 태어나 처음으로 가 본 오키나와는 추웠다. 티셔츠와 수영복과 선글라스를 챙겨 몹시 들뜬 기분으로 떠났지만, 내내 구름이 끼고 바람은 세서 춥고 이래저래 말이 아니었다. '오키나와의 3월은 초여름'이라는 달콤한 정보를 믿었건만….

날씨의 도움은 없었지만 여행의 목적인 야치문やちむん은 대어를 낚아 기쁨에 가득 차 돌아왔다. '야치문'이란 오키나와의 도자기를 말한다. 표면에 흙색 반점이 점점이 아로새겨진 느낌이 무척이나 사랑스러워서 오래전부터 가지고 싶었다. 물론 인터넷으로 간단히 살 수 있지만, 기왕이면 현지에서 실물을 보고 직접 고르고 싶은 마음에 '장바구니 넣기'를 애써 참았다. 결국 그 참을성은 쓰보야 야치문 거리壺屋やちむん通り의 도자기 가게에서 폭발했다.

오키나와 제일의 번화가인 나하시 고쿠사이도리国際通り에서 가까운 야치문 거리에는 그릇 가게들이 밀집해 있다. 모두 야치문 그릇을 취급하고 있지만 개별 상점마다 각자의 개성이 잘 드러나 있었다. 과소비를 잔뜩 경계하고 갔건만 정신을 차려 보니 지갑은 깃털처럼 가벼워져 있다. 대중소 크기별 접시, 컵과 소서 그리고 포트까지, 부엌 식기 선반 공간을 전부 채울 정도로 사들이고 말았다. 가격은 제각각이나 작은 접시가 7백 엔 정도니까 기본적으로

보통 접시 가격이다. 한 가게 한 가게 돌아보는 동안 안목도 조금씩 높아져서 '음, 좋은 야치문이네. 작가가 만든 거겠지?'라고 짐작한 것이 들어맞기도 했다.

도쿄의 힙한 상점에서는 상품 옆에 새초롬한 팝업 광고로 설명을 꼭 적어 두는데 야치문 거리에는 그런 식의 설명이 없었다. '할머니가 운영하는 기념품 가게'라고밖에 할 수 없을, 30년 전 모습을 그대로 간직한 어수선한 가게. 진열된 2천 엔대의 상품들 사이에 묘하게 아방가르드 스타일인 컵이 놓여 있어서 별 생각 없이 계산대에 들고 가니, 한가하게 산신三線〔오키나와 전통 발현 악기〕연습을 하고 있던 할머니가 "아, 그건 야마다 신만山田真萬〔널리 알려진 오키나와 출신 도예가〕씨 거라서 좀 비싼데"라고 말한다. 궁금해서 나중에 야마다 씨를 검색해 보니 '오키나와 도예계를 대표하는 작가 중 한 사람'이라고 떠서 화들짝 놀랐다. 할머니, 대단해! 이 가게에도 커다랗게 팝업 하나 세워 두면 잘 팔리지 않을까 생각이 스쳤는데 한편으론 그렇게 되지 않았으면 싶기도 했다.

여하튼 야치문 거리에서 느껴지는 장삿속에 찌들지 않은 듯한, 장사할 마음이 있는지 없는지 알 수 없는 묘한 분위기가 마음을 상당히 편안하게 해 준다. 남성 점원이 하나같이 수줍어하는 인상인 것도 호감이다. 눈은 좀체 마주쳐 주지 않지만 모두 몹시 친절하다.

규모가 큰 가게에서는 소매뿐 아니라 도매도 하는 듯했다. 그중에는 '이세탄 신주쿠점 앞'이라고 적힌 박스 안에 상품이 산처럼 쌓여 집하를 기다리고 있었다. 역시 이세탄 님, 야치문도 파는구나 싶었다. 그야 물론 팔고말고.

야치문 거리에서 들른 한 도자기 가게의 선반에 사쿠라이 사
치코桜井幸子(1990년대에 연예계 다방면에서 활약하고 2009년
이르게 은퇴한 1973년생 여배우)의 사진집『단둘이』ふたりぼっ
ち가 상품으로 진열되어 있었습니다. '응? 이게 어떻게 된 일이
지…?' 궁금한 마음에 젊은 사장님에게 물어보니 "사쿠라이 사
치코의 팬이지만 제가 말주변이 없어서 이 사진집을 놓아두
는 정도로 손님들과 소소하게 교류하고 싶어서요"라더군요.
세련된 가게에 어울리지 않는 순박함이랄까. 오키나와 사람
의 순수한 모습에 압도된 순간이었습니다.

벼룩 시장에서 말과 개, 그리고 고양이 접시

오키나와에 이어 태어나 처음으로 간 파리의 4월은 꽃이 만발했다. 마로니에 가로수는 흰 꽃을 틔우고, 공원의 화단에는 색색의 양귀비꽃, 잔디에는 마거리트를 아주 작게 축소한 것 같은 하얀 꽃이 옹기종기 피어 있었으며(나중에 알아보니 롱데이지라는 국화과 잡초였다), 어느 꽃집이나 세련되게 꾸며져 있었다. "이렇게까지 꽃에 마음을 빼앗기다니, 우리가 벌써 그럴 나이인가?" 함께 간 친구에게 물어보니 "아니야, 파리의 꽃이 너무 예뻐서 그래"라고 답하며 연신 꽃 사진을 찍어댔다. 아, 지금 떠올려도 정말 아름다웠다.

이번 여행은 일단 취재를 겸한 것이긴 하지만 이렇다 할 목적이 없는 한가로운 관광 여행이다. 면세 대상(175유로 이상) 한도를 초과할 정도로 큰 쇼핑은 하지 않았는데, 유일하게 정말 갖고 싶었던 것이 꽃이다. 그렇지만 여행지에서 생화를 사 봤자 아닌가.

귀국한 다음 날 마침 드라마 「속 마지막에서 두 번째 사랑」続最後から二番目の恋 1화를 보니 쿵쿵〔배우 고이즈미 교코小泉今日子의 애칭〕이 파리에 가는 장면이 나왔다. 폴 앤 조Paul&Joe를 비롯한 가게들을 다니며 호기롭게 쇼핑을 하는 장면에 설레면서 '그렇지, 파리는 이렇게 즐겨야지' 생각했다. 하지만 폴 앤 조도 이세탄 백화점에 입점해

있고, 발레 슈즈로 인기 있는 레페토Repetto, 로맨틱한 액세서리 브랜드 레 네레이드Les Néréides 매장도 일본 곳곳에 있다. 이처럼 전 세계의 온갖 상품을 도쿄에서 살 수 있는 시대라 막상 파리에서 무엇을 사야 할지 판단이 어렵다. 물욕의 노예였던 이십대 시절이라면 몰라도 단샤리와 곤마리 선생님*에게 지대한 영향을 받은 지금의 나는 더욱 쇼핑에 신중을 기할 수밖에 없었다.

파리에서만 살 수 있는 것을 찾아 토요일 이른 아침 방브Vanves의 벼룩 시장에 갔다. 은식기나 페브Feve〔작은 도자기 인형〕, 리넨, 나름의 멋이 느껴지는 못 그린 듯 잘 그린 아마추어의 그림 등, 귀여움과 너저분함의 경계에 걸친 매력적인 잡동사니가 산처럼 쌓여 있었다. 소매치기를 의식해 가방을 앞으로 메고 걸어가다 마음에 드는 물건이 있으면 발을 멈추고 "콩비앙?"Combien?(얼마예요?) 물었다. 대체로 깎아 주니 기분 좋게 사들이다 보면 어느새 짐이 늘어난다. 내 애묘 치치모의 물그릇으로는 카페오레 잔을, 자신을 위한 선물로는 말을 탄 병정 그림과 강아지 인형을 구입했다.

일요일에는 더 규모가 큰 클리냥쿠르Clinancourt 벼룩 시장에 갈 예정이었기에 이쯤에서 그치기로 하고 점심

---

* 단샤리斷捨離는 불필요한 소유와 소비를 끊고 버림으로써 물건에 대한 집착에서 벗어난다는, 미니멀 라이프의 실천을 뜻하는 조어다. 2010년대 초중반 일본에서는 이 단샤리 열풍이 불었으며 정리 컨설턴트라는 인물들이 각광을 받았다. 그중 특히 유명한 이가 곤도 마리에近藤麻理惠로서 '곤마리'라는 약칭으로도 알려졌다.

전에 자리를 떴다. 다음 날도 기운차게 일찍 일어났지만 클리냥쿠르로 향하는 지하철 안의 분위기가 아무래도 수상했다. 승객이 모두 '꾼' 느낌이었다. 차내는 벼룩 시장에 가는 즐거운 분위기가 아니라 '일'(소매치기)을 하러 가는 사람들의 살기로 충만한 것만 같았다. 두려움에 떨며 지하철에서 내려 재빨리 지상으로 올라갔다. 그곳에 펼쳐진 풍경은 마티유 카소비츠Mathieu Kassovitz의 영화 「증오」La Haine 속 세계를 방불케 했다. 위험을 직감하고 차마 발걸음을 뗄 수가 없었다. '군자는 위험한 것을 가까이하지 않는다'라는 말을 되새기며 곧장 지하철에 올라타 유턴했다. 잊지 못할 오싹한 경험이었다.

무서운 경험이었지만 이번 여행에서 벼룩 시장의 매력에 흠뻑 빠져 최근 도쿄 곳곳의 골동품 시장을 돌아다니는 것이 소소한 취미가 되었습니다. 한번 낡은 것에 눈을 뜨면 다시는 새것이나 대량 생산품으로는 만족하지 못하는 몸이 된다던데 그 말처럼 어느새 주변이 온통 앤티크로 가득해졌습니다. 방을 빙 둘러보아도 새것은 침대 하나! 그렇게 오래된 물건들에 둘러싸여 지내고 있습니다.

나일론 토트 백은 롱샴

요즘 왠지 비구니라도 된 듯 물욕이 옅어졌다. 모처럼 간 파리에서도 '갖고 싶기는 해도 필요는 없지'라는 마음에 벼룩 시장 말고는 별다른 쇼핑을 하지 않고 돌아왔다.

이래 봬도 가기 전에는 샤넬 본점에서 마틀라세 matelassé(퀼팅 백)를 사리라는 야망을 내심 품고 있었다. 하지만 현재 환율로는 이득이 아니라고 들은 데다가 면세 수속도 귀찮아 보여 망설임 없이 포기했다. 그리고 지금, 샤넬을 단념한 나의 손에는 전혀 살 생각이 없었던 롱샴 Longchamp의 나일론 토트 백이 들려 있다. 어째서?

롱샴이라는 이름을 몰라도 나일론 소재, 사다리꼴 모양, 손잡이와 윗부분이 가죽으로 되어 있고 매장에서 주로 접어서 진열되어 있다는 힌트를 주면 '아, 그 가방'하고 떠올릴 수 있을 것이다. 주로 케이트 모스Kate Moss나 알렉사 청Alexa Chung 같은 영국 배우나 모델이 광고를 찍어서 영국 브랜드인가 했는데 오랜 역사를 지닌 버젓한 프랑스 브랜드였다. 본래는 가죽 제품 브랜드로 시작했지만 이제는 롱샴이라 하면 접는 방식의 나일론 토트 백의 이미지부터 먼저 떠오른다. 주변에 들고 다니는 사람이 많았지만 솔직히 가지고 싶다는 생각은 한 번도 해 보지 않았다.

그것은 파리를 떠나는 날 샤를 드 골 공항에서 시간을 때우던 때의 일이다. 탑승을 기다리며 들른 카페 옆 숍의 각종 브랜드가 즐비한 한구석에 롱샴의 그 토트 백이 주렁주렁 매달려 있는 가방 트리가 있었다. 그리고 그 '나무'에 30~60대 일본 여성들이 신이 나서 빨려들어 가고 있었다. 그 장면을 '또 아줌마들이 롱샴을 사러 가는군' 하고 시큰둥하게 멀리서 바라보고 있었다.

그런데 한참을 그러고 있다 보다 보니 점점, 아니 갑자기 '저 오렌지색 롱샴 너무 예쁜데?'라는 생각이 들었다. 설마 이 흐름으로 나도 롱샴을 사게 되나…. 반쯤 장난삼아 가방을 어깨에 걸치고 거울 앞에 서 보니 아니 이게 뭐람, 완전 멋지잖아? 느낌이 딱 좋았다. '어울리네, 어울려. 얼마지? 89유로?' 가격까지 마음에 들었다. 스르륵 홀린 것처럼 그대로 계산대에 가져갔다. 이렇게 사람들이 롱샴을 하나씩 가지게 되나 보다.

그 후 길거리에서 마주친 이 롱샴도 저 롱샴도 분명 샤를 드 골 공항 면세점에서 나처럼 홀리듯 손에 쥐게 되었음이 틀림없다고 생각하게 되었다. 그러고 보니 초등학교 때 할머니께 받은 유럽 여행 선물도 롱샴 토트 백이었다. 왜 다들 유럽 여행 다녀오면 나일론 손가방을 주는지 어린 마음에도 의문이었는데, 그것 역시 샤를 드 골 면세점에서…?

그렇게 구입한 롱샴은 일본에 돌아와 실컷 애용하고 있다. 생각했던 대로라 해야 할지 보이는 그대로라 해야 할지, 사용감만큼은 정말 좋다. 가볍고 물건도 많이 들어가며 어떤 옷에나 무난하게 어울린다. 역시 만능 아이템.

피가로 쟈폰フィガロ ジャポン 연재 소설 『파리는 가 본 적 없어』를 위해 파리에 대한 책을 닥치는 대로 읽던 시기, 파리 거주 경험이 있는 일러스트레이터 요네자와 요코米澤よう子 씨의 책에서 파리지엔 대부분이 롱샴 가방을 애용한다는 대목을 읽고 슬쩍 체크해 두었습니다. 요네자와 씨의 책에는 파리지엔들의 맵시 있게 옷 입기, 돌려 입기 등의 비결이나 라이프 스타일 정보가 가득해서 설레며 읽게 됩니다.

서른세 살이 입는 토끼 무늬 파자마

그리 대단한 일은 아니지만 잘 때는 티셔츠도 추리닝도 아닌 파자마를 챙겨 입는 편이다. 더구나 서른셋이라는 나이는 완전히 무시하고 쓸데없이 귀여운 패턴의 파자마를 입는다. 현재 애용 중인 옷은 전체에 토끼 캐릭터가 그려진 폴 앤 조 시스터Paul & Joe Sister 파자마인데 가격은 약 1만 4천 엔이었다.

솔직히 말해 파자마치고 비싸다. 같은 금액으로 유나이티드 애로즈United Arrows에서 신발을 살 수 있으니까. 보통은 신발을 더 좋아하겠지. 하지만 나는 파자마를 조금 더 좋아한다. 파자마는 옷과 잡화의 중간에 위치한 매력적인 존재 아닐까. '잠잘 때만 입는 옷'이라는 점도 물론 사랑스럽지만 평상복처럼 어떻게 맞춰 입을지, 유행하는 실루엣인지 같은 디테일한 부분을 신경 쓸 필요가 없으니 쇼핑을 단순히 즐길 수 있다. 다만 문제는 마음에 드는 파자마를 만날 확률이 엄청나게 낮다는 점이다.

폭신폭신한 실내복을 무기로 단숨에 세력을 확장한 젤라토 피케gelato pique의 습격 이전까지 일본(이라기보다는 내 활동 반경) 안에서 파자마의 선택지는 두 가지밖에 없었다. 하나는 츠모리 치사토Tsumori Chisato[디자이너 쓰모리 지사토가 설립한 여성 패션 브랜드]의 슬립. 독특한 판타지 스타일 프린트로 열여섯 언저리의 여자아이에게 어울릴 만한 디자인을 주로 선보인다. 다른 하나는 키드 블루Kid Blue. 꽃무늬와 물방울무늬가 특징으로 사랑스러운 분위기를 연출한다. 이 두 브랜드에서 발표하는 신작 파자마를 체크하다가 마음을 사로잡는 걸 못 만나면 그해는 수확이 없게 된다. 참고로 나이라는 벽에 부딪힌 최근 몇 년간은 어느 쪽도 흉작이었다. 츠모리 치사토는 대상 연령에서 크게 벗어났고 그렇다고 키드 블루의 꽃무늬 파자마가 어울리려나 입어 보면 훨씬 나이 들어 보여서 문제다. 그래서 최근에는 무인양품에서 누가 봐도 파자마 느낌이 물씬 나는 스트라이프나 민무늬 디자인을 오로지 필요에 의해 사 입었다. 가격도 적당하고 물건도 나쁘지 않지만 두근거림은 바닥이다. 파자마는 낭만이 있어야 하거늘.

와중에 혜성처럼 나타나 온 나라를 휩쓸었던 젤라토 피케의 유행에도 단숨에 올라타지 못해 방황하던 무렵, 이세탄 3층 속옷 판매장 '마 란제리'マ・ランジェリー 매장 한편에서 토끼 무늬 파자마를 발견한 것이다.

폴 앤 조 시스터는 그 누구라도 쉽게 소화하기 힘든 패턴의 옷을 만드는 게 특징이다. 고양이나 너구리 같은 동물들의 천진난만한 모습을 흩뿌려 놓아 그것만 보면 이견 없이 귀엽지만 '의류'로서는 어딘가 위화감이 느껴지는 문제작이 많다. 이 토끼 무늬 파자마도 입자마자 '할머니 집에 놀러 온 아이'처럼 되어 버린다. 게다가 콘택트렌즈를 벗으면 내 눈은 시력이 0.1 이하로 떨어져 흰 토끼들이 온몸에 흩뿌려진 탐폰으로밖에 보이지 않는다는 커다란 결점을 안고 있지만… 아무렴 어때! 가슴 뛰는 파자마는 좀처럼 만날 수 없으니까.

　그러고 보니 그간 거친 파자마 가운데 가장 애용했던 츠모리 치사토의 카우보이 무늬 파자마를 얼마 전 마침내 처분했다. 10년 넘게 입었더니 이제는 해지기 시작해 눈물을 머금고 떠나보냈다. 오는 파자마 있으면 가는 파자마 있는 법이려니.

그 후 2년이 흘러 서른다섯이 되었습니다. 어느새 반박의 여지 없이 토끼 무늬 파자마는 자숙해야 할 나이가 되었지요. 하지만 차마 버릴 수는 없어서(귀여운 데다 비싸게 사서) 본가에 갈 때마다 입기로 했습니다. 본가는 아무리 엉망으로 망가져도 용서되는 무법지대니까요. 그렇게 여전히 해맑게 토끼 파자마를 입고 있습니다. 결국 마음 깊은 곳에서부터 두근거리는 파자마는 아직 만나지 못했습니다.

속옷 이노베이션

　　이세탄 님, 즉 이세탄 신주쿠점에 아무런 양해도 구하지 않은 채 시작한 이 연재. 지난번에는 드물게 '저 이세탄에서 쇼핑해요'라는 느낌으로 썼지만 사실 그게 지극히 특별한 경우고, 평소에 옷을 살 때는 조금 더 진입 장벽이 낮고 캐주얼한 루미네LUMINE*를 주로 이용한다. 볼일을 보러 신주쿠에 나갈 때 겸사겸사 루미네1의 지하부터 훑는 것이 내 일상적인 코스다. 잡지 인터뷰 등으로 사진을 촬영할 일이 가끔 있어서 그때를 대비해 옷을 마련해 두어야 하기 때문이다.

　　인터뷰 섭외를 받아도 연예인처럼 스타일리스트의 도움을 받는 게 아니라 알아서 준비해야만 한다. 그래서 촬영용으로도 괜찮고 촬영 후 평상복으로도 입을 수 있는 옷 찾아야 하지만 그게 쉬운 일이 아니다. 하지만 그 덕에 디자인도 소재도 한 시즌이면 수명이 다할 저렴이뿐이던 내 옷장에 어엿한 성인 여성의 분위기가 나기 시작했다. 그렇게 자주 가던 기치조지의 파르코PARCO**에는 발길을 끊게 되었다. 대신 이십대엔 저긴 왜 저렇게 비싸냐고 갸우

---

*　신주쿠 역을 시작으로 도쿄의 주요 역들과 연결된 빌딩형 쇼핑몰 체인이며 가나가와, 사이타마 등에도 지점을 두고 있다.

**　시부야에 본사를 둔 백화점 체인으로, 다양한 가격대의 패션 브랜드가 입점해 있다.

뚱거리며 지나던 투모로랜드를 자주 찾게 되었다.

구입하는 물건의 가격대가 바뀌면서 내게도 세련된 멋이 조금은 묻어나기 시작한 걸까. 얼마 전 고향 후쿠야마의 덴푸라 가게에 갔더니 여자 사장님이 "아가씨 같은 도쿄 사람은"이라고 단정하길래(도쿄에 산다는 이야기는 하지도 않았는데), "아니에요, 저 이 동네 사람이에요" 정정했지만 믿지 않는 눈치였다. 그만큼 완벽한 도시 여자 같았던 모양이다. 하지만 겉으로 보이는 부분에 한할 뿐, 보이지 않는 부분은 완전히 손을 놓고 있었다. 그렇다, 속옷은 빈곤한 이십대 시절 그대로였다!

파자마에 대해 그렇게나 아는 척을 하며 열심히 떠들어댔지만 속옷 이야기가 나오면 입을 우물거릴 수밖에 없었다. 그도 그럴 것이 그럴싸한 팬티가 없었기 때문이다…. 단 어디까지나 과거형이고 지금의 나는 속옷까지 세련되게 입는 여성으로 거듭났다.

원래 일본 내(라기보다는 내 활동 반경 안)에는 취향에 맞는 속옷이 없었다. 갸루 스타일*이거나 너무 달콤한 스타일이라 어느 쪽도 내키지 않았다. 착용감을 우선하면 촌스러워지고 디자인을 우선하면 착용감을 잃는 복잡미묘한 속옷의 세계. 고심해서 시착하고 구입한 브래지어와 세트인 팬티에서 엉덩이 살이 보란 듯이 삐져나오는 등의 함정도 빈번해 결국 항상 상하를 맞춰 입기가 힘들었다.

---

*   짙은 눈 화장, 태닝한 피부, 화려한 장신구 등의 특징으로 알려진 일본의
    독특한 패션 스타일.

'그러던 그때, 그 가게와 만났습니다!'(홈쇼핑 톤).

　　　싱어송라이터 나오토 인티라이미Naoto Intiraymi를 연상시키는 이름의 숍! 인티메이츠Chut! Intimates는 발레 용품으로 유명한 챠코트Chacott의 세컨드 브랜드이며 신주쿠 루미네1에 입점해 있다. 어딘가 프렌치시크한 느낌에다 적당한 가격인 데 이끌려 시험 삼아 한 세트를 사 보았더니 상하 모두 기적적으로 딱 맞는 완벽한 착용감이었다! 그래서 얼마 전에는 슬그머니 대량 구매를 하기도 했다. 가지고 있던 낡은 천 조각(팬티)을 버리고 숍! 속옷을 서랍장에 채워 넣었으니 드디어 나 야마우치 마리코도 남부끄럽지 않은 성인 여성이란 말씀.

이때 대량으로 구매한 브래지어 & 팬티 세트를 여전히 입고 있습니다. 단순 계산으로 1년 반 정도 됐네요. 슬슬 새로 사야겠다고 생각한 것이 6개월 전이니까, 속옷의 건전한 내구 기간은 대략 1년이라고 개인적으로 결론을 내렸습니다. 다시 쉿!

매장에 들르니 가장 마음에 들었던 제품(노와이어 삼각 브래지어 & 레이스 팬티)이 없어져서 충격적이었어요. 다른 곳에서는 찾아볼 수 없는 섬세하고 밋신 디자인이었건만 아쉽기 그지없네요.

클레르퐁텐 원리주의

　　십대 시절 나를 계몽해 준 것은 교과서보다 잡지였다. 좋아하는 잡지를 읽고 또 읽으며 나도 모르는 새 나만의 취향을 형성했거늘, 인터넷의 보급과 함께 휴간이 쇄도하면서 잡지 난민이 급증했다지. 그러한 21세기 초 무렵 나와 같은 때늦은 올리브 소녀*(실시간으로는 읽지 못한 잠재적 독자층)에게 멋스러운 것들을 가르쳐 주신 분이 마도카 선생님, 즉 칼럼니스트 야마자키 마도카山崎まどか 씨였다.

　　마도카 선생님은 놀랄 만한 박식함과 정보 수집력, 고급스러운 취향을 두루 겸비하고서 현대 문화계 여성들의 지적 호기심을 아낌없이 채워 주는 분이다. 『'자기' 정리술: 좋아하는 것을 100개로 줄여 보다』「自分」整理術—好きなものを100に絞ってみる, 講談社, 2014는 지금까지 다양한 매체에서 소개된 '멋스러운 것'들을 집대성한 책이다. 다만 콘셉트는 부제처럼 어디까지나 좋아하는 것을 100가지 고르며 자기 자신을 정리해 보는 것이다. 패션, 영화, 음악, 책, 음식까지 장르를 불문한 100가지라는 부분이 흥미롭다.

　　나도 시도는 해 봤으나 해를 거듭할수록 물건을 향한 집착이 옅어져 거의 비구니 상태가 된 탓에 좀처럼 100

---

*　　1980년대 초부터 2000년대 초에 걸쳐 발행되었던 패션 잡지 『올리브』Olive의 독자로 상징되는 도시형 감각을 가진 젊은 여성층을 일컫는다.

개를 메우기가 힘들었다. 1. 치비 쥬얼스Chibi jewels의 별 모양 피어스(한 해의 반 이상은 착용하고 다닌다), 2. 웨스 앤더슨Wes Anderson의 영화(기분 전환이 된다), 3. 카를라 브루니Carla Bruni의 CD(마음이 안정된다), 4. 아야야(배우 와카오 아야코若尾文子 선생님의 애칭. 정말 좋아해요!) 정도에서 멈춰 버렸다. 그런데 하나 더 확실히 목록에 넣을 수 있는 것이 있으니, 바로 클레르퐁텐Clairefontaine의 노트, 그중에서도 가로줄 호치키스 고정형 A5 사이즈다.

클레르퐁텐은 프랑스의 오래된 노트 브랜드다. 표지와 내지 모두 튼튼하고 가방에 넣기 부담스럽지 않은 적당히 얇은 두께가 좋아서 최근 7년 동안 줄곧 쓰고 있다. 평소에 무엇이든 메모를 하는 편이어서 지금도 손에 잡히는 노트를 펼쳐 보면 어제「출몰! 맛거리 천국」出没!アド街ック天国 니시오기쿠보 편 방송에 나온 102세 남성의 생애가 가득 적혀 있기도 하다. "메이지 44년 출생, 게이오 대학을 졸업하고 대기업 상사에 입사했지만 적응하지 못해 6개월 만에 퇴사하고 30세의 나이로 귀향, 원양어업을 시작한다. 51세에 어부를 그만두고 등산에 열중해 킬리만자로 등반 성공, 안데스 산맥을 올랐을 때 만난 현지 사람으로부터 커피를 수입사에 납품하면 중간에 떼어 가니 당신이 직접 일본에서 팔아 주지 않겠냐는 의뢰를 받고, 그것을 계기로 니시오기쿠보에 커피콩을 수입해 판매하는 가게를 열었다. 이때 나이가 85세."

노트는 현재 62권째다. 상당한 무게감이 느껴지는 숫자다. 누구에게도 보여 줄 수 없는 내 일부가 62권의 노트 형태로 존재하고 있는 것이다. "하드디스크는 지웠습니까?"라는 익히 알려진 자살 방지 문구처럼 나도 이 노트들을 처분하지 않으면 죽어도 죽는 게 아닐 것 같다. 그러고보니 예전에 에미넴이 자신의 가사 노트를 잃어버려 현상금까지 걸고 찾아다닌 적이 있다는데 당시 나는 '안 부끄럽나?' 하고 적잖이 놀랐던 기억이다. 역시 래퍼. 스웩!

마음에 든 제품은 혹시라도 단종될까 봐 대량 구매해 쟁여 둡니다. 서랍을 열면 클레르퐁텐 노트 새것이 24권이나 있습니다. 지금 쓰고 있는 67권째 노트를 펼쳐 보니 이런 메모가 눈에 띄네요. "언젠가 사회와 타협해야 할 때가 올지도 모르지만 가능한 한 저항하며 살아 주세요. by 마쓰코 디럭스まつこでらっくす(방송 중 어느 미대생에게 보낸따스한 한마디)"

냉증을 모르는 사람의 비극

　　뮤지션 스가 시카오菅止戈男 씨의 트위터가 화제가 되어 검색해 본 적이 있다. 음반이 팔리지 않는 시대, 즉 스트리밍 서비스로 다운로드를 하는 새로운 '음악을 사는 방법'이 퍼지고 있는 시대지만, 사실 다운로드 방식으로는 제작비 적자를 면할 수 없어서 가능하면 CD로 구매해 주길 바란다는 내용이었다. 이익이 생겨야 "다음 작품을 만들 전망이 생깁니다"라는 부분이 절실하게 느껴지고 남 이야기 같지 않았다. 책도 마찬가지로 팔리지 않으면 다음 작품을 낼 수 없으므로.

　　책의 경우 전자책보다 도서관의 존재가 미묘하다. 나도 이전에는 도서관의 열성 사용자였지만 '빌리는 쪽'에서 '빌림을 당하는 쪽'이 되어 보니 관계가 조금 복잡해졌다. 읽힌다는 것 자체로 기쁜 일이지만 대여는 실제 판매로 이어지지는 않는다. 참고로 내가 쓴 책의 도서관 대여 횟수를 보고 '이렇게 읽고 싶어 하는 사람이 많은데 어째서 한 권도 팔리지 않은 걸까?' 하고 충격을 받은 적이 있다. 살 만한 가치가 있게 쓰면 되잖아? 라는 답변에는 할 말이 없긴 하지만.

　　사는 행위는 단순한 '소비' 이상으로 제작자에 대한 '응원'이 된다. 책이든 CD든 쌀이든 야채든 손님은 돈을 내고 그 상품(과 그것을 만든 사람)을 평가한다. 그리고 그것은 그 사람이 상품을 계속 만들어 나갈 수 있게 해 주는 응원이 된다. 스가 씨뿐만 아니라 무언가를 팔아서 살아가는 사람들의 호소로 가득한 불황 속 세상이다.

그러한 '응원의 힘'이 제대로 발휘되는 시점은 내가 사는 동네의 가게에서 마음에 드는 상품(주로 먹을 것)을 발견했을 때다. 가게에 그 상품이 계속 진열되도록 '열렬한 단골이 여기 있어요!'를 온 힘으로(즉 구매라는 행위로) 어필하는 것이다. 이 순간 나는 단순한 '소비자'가 아니라 어엿한 '후원회원'이다. 집에서 가장 가까운 편의점에서 파는 미나가와 제과みながわ製菓의 '고추 씨앗'이라는 과자는 나 혼자 지지하고 있다고 해도 과언이 아니다. 그런데 얼마 전 슬픈 사건이 일어나고 말았다.

근처 내추럴 로손Natural Lawson〔편의점 체인 로손의 프리미엄 매장〕에서 팔던 나카타니엔永谷園의 즉석 카레 '냉증을 모르는 사람의 생강 토마토 치킨 카레'「冷え知らず」さんの生姜トマトチキンカレー가 결국 매대에서 자취를 감춘 것이다. 내추럴 로손에 갈 때마다 두세 개씩 계산대에 올려놓으며 나름 극성 팬임을 어필했건만…. 분하다! 응원이 모자랐나 보다.

문제는 심각했다. 편의점에서 팔지 않으면 인터넷에서 사면 될 일이지만, 알아 보니 아예 판매가 중단되었다. 단종된 것이다. 책에 비교하면 공포의 절판이다. 아, 토마토와 생강이 절묘하게 어우러진 깊이 있는 부드러운 산미를 두 번 다시 맛볼 수 없다니…. 식품 계열 상품이 단종되었을 때의 충격은 정말 이만저만이 아니다.

결국 이 순간이 오고야 말았습니다. 수중에 남은 마지막 '냉증 모르는 사람의 생강 토마토 치킨 카레'를 앞에 두고 고민하고 있습니다. 이미 유통 기한은 한 달을 넘겨 한시라도 빨리 먹는 게 바람직하겠지만, 마지막 남은 이 카레를 꿀꺽 먹어 버리면 두 번 다시 이 맛을 느낄 수 없게 됩니다. 그렇게 상자를 여는 손이 멈춰집니다. 아예 열지 말고 오브제로 진열해 둘까 싶네요.

트레디셔널 웨더웨어의 우산

억수같이 쏟아지는 빗속에서 멋진 레인코트를 입은 사람을 보면 부러운 마음이 든다. 진정한 멋쟁이는 다양한 기후에 대응할 수 있는 아이템을 상비하고 있기 마련. 그중에서도 비와 관련된 아이템은 쓰임새가 많아 장만해 두면 손해 볼 일은 없는데도 다급히 임시방편으로 사기만 하니 좀처럼 좋은 물건이 모이질 않는다. 장화도 자리 차지한다고 몇 년째 못 사고 있다.

얼마 전 외출했을 때 갑자기 비가 쏟아지는 바람에 허겁지겁 역 안 무인양품에 뛰어들어 레인코트를 충동 구매할 뻔한 일이 있긴 했다. 그러나 기왕이면 마음에 드는 것을 찾을 때까지 끈질기게 버틸 셈이다. 무인양품도 멋스럽고 괜찮은 브랜드지만 무인양품에서 해법을 찾는 인생은 슬슬 졸업해야지 싶다. 이런 식으로 타협해서 구입한 물건은 나중에 스트레스가 되기도 하니까. "다급히 임시방편으로" 세계의 대표 격인 비닐 우산도 이제 정말이지 그만 사려 한다.

이런 환경 친화적인 마음가짐이 내 안에서 극에 달했던 작년 어느 날, 편집 매장에서 발견한 트레디셔널 웨더웨어Traditional Weatherwear의 접이식 우산이 너무나 귀여운 나머지 나도 모르게 집어 들었다. 손잡이는 대나무로 만들어졌고 우산과 같은 무늬로 된 커버까지 있는 제품이 10,000엔. 우산이 10,000엔!? 가격표를 보고 살며시 상품을 내려놓았다. 하지만 우산처럼 사용 빈도가 높고 하나만 있으면 충분한 데다가 교체해서 구입할 일이 드문 물건이라면 그만큼 돈을 써도 되지 않겠냐며 스스로를 설득해 구입을 결심했다. 체크나 도트 무늬 쪽이 매력적이었지만, 가지고 있는 옷과 코디할 생각을 하면 무늬 없는 쪽이 유용할 것 같았다. 그러나 검정이라면 무겁고 빨강은 너무 자기주장이 강하다. 그렇다면 흰색, 새하얀 흰색이지!

굳게 마음먹고 산 건 좋았으나 비 오는 날 처음 써 보자마자 흰색은 실패임을 깨달았다. 한 번 맞은 비에 그만 얼룩이 생겼다. 비닐 우산이었으면 몰라도 10,000엔이나 주고 산 우산인 만큼 간단히 포기하고 싶진 않았다. 하지만 얼룩을 빼려고 화장실에서 닦아 봐도 전혀 효과가 없었다. 심지어 우산살의 관절 부분이 녹슬어 오렌지색으로 변색하는 총체적 난국이 벌어졌다! 결국 사용 기간이 비닐 우산보다 짧을 수도 있다는 놀라운 가능성이 대두되었다. 일회용품 사용을 피하려던 환경 친화적인 마음가짐이 헛되게 느껴졌다.

비싼 물건을 살 때는 신중해지는 법이지만 지나치게 신중해지면 중요한 지점(흰색은 얼룩이 눈에 잘 띄고, 우산은 얼룩이 생긴다)을 놓치기 쉽다. 내 성격상 평생 이런 종류의 안타까운 실패를 피해 갈 수는 없으리라고 어렴풋이 짐작은 하고 있었기에 마음에 큰 상처를 입지는 않았지만, 무엇이든 직접 써 보지 않으면 실제를 알 수 없음을 새삼 느꼈다. 몇 번 써 보고 나서야 접이식 우산치고는 조금 크고 무겁다는 결점까지 발견했다.

그럼에도 트레디셔널 웨더웨어의 우산은 매력 만점이다. 가장 멋진 부분은 유니언잭이 그려진 시크한 브랜드 태그. 솔직히 내 흰 우산도 쓰고 있을 때보다 태그가 붙은 커버 안에 들어 있을 때가 훨씬 멋지다. 애초에 이 커버가 아니었다면 아마 사지도 않았을 것이다.

이 우산은 쓸 수 있는 만큼 쓰다가 더 이상 보기 싫어 못 들고 다니겠다는 판단이 들어 새 우산을 샀습니다. 트레디셔널 웨더웨어 우산은 손잡이의 대나무 감촉이 상당히 좋고 원단도 튼튼해 같은 브랜드로 재구입했어요. 이번에는 접는 우산이 아니라 양산 겸용이 되는 장우산을 샀습니다. 색상은 네이비, 가격은 13,800엔(+세금). 열쇠가 없는 우산 걸이에 둘 때마다 분실 걱정에 여간 긴장되는 게 아니랍니다.

수비니어 프롬 도쿄!

국립신미술관国立新美術館에서 열린 '이미지의 힘' 전시회를 마지막 날 허겁지겁 찾았다. 오사카 국립민족학박물관国立民族学博物館(통칭 민박)의 컬렉션전이다 보니 예술보다 '민족학'의 관점에서 수집된 것들이긴 했지만, 전부 굉장한 조형물의 연속이라 '인간은 대단해!' 감탄과 함께 가슴이 덜컹 내려앉는 것만 같았다.

발리, 아이누, 파푸아 뉴기니, 가나… 잘도 모아서 가져왔다는 소리가 절로 나올 만큼 충실한 전시였다. 아키타의 나마하게なまはげ* 탈 정도는 귀여운 수준. 벽면 가득 전시된 세계 각지의 탈은 좋은 큐레이션 덕에 묘하게 세련되어 보였지만, 주술적 성격이 강해 불길한 느낌을 자아내는 인형은 상당히 무서웠고 오징어 모양의 관에 이르러서는 무언가 둑 같은 것이 무너진 느낌이었다. 현대 미술가들이 무리로 덤벼도 못 당할 것 같은 상상력의 스케일과 에너지였다. 그래서 도록을 꼭 사야겠다고 마음을 먹기도 했지만, 포화 직전의 내 서재 상황과 그간 산 도록들도 거의 다시 들여다보지 않았다는 사실을 떠올리고는 단념했다.

요즘은 도록도 굿즈도 사지 않는다. 예전에는 뮤지

---

* 식칼을 들고 다니며 게으름뱅이들을 혼내 주는 민담 속 귀신. 아키타 지방에는 이 귀신의 분장을 하고 벌이는 전통 행사가 있다.

엄 숍을 '잡화점'처럼 여겨 동행인들이 놀랄 정도로 돈을 펑펑 썼지만 그렇게 산 물건을 이사할 때마다 버리게 되는 과오가 반복되니 이제는 참아 낼 줄도 알게 되었다. '제대로 된 물건을 지향하는 삼십대 여성'을 자칭하는 만큼 가능하다면 매장에 진열된 양산품보다 전시되어 있던 진짜 탈을 갖고 싶으나⋯. 그건 그렇고 이런 컬렉션은 어떻게 섭외한 걸까? 왠지 '돈'으로는 살 수 없었을 것 같다. 아니, 역시 '돈'으로 살 수밖에 없었을까.

뮤지엄 숍에서 지갑을 탕진하지 않기로 굳게 결심했으나 국립신미술관의 '수비니어 프롬 도쿄'スーベニアフロムトーキョー만큼은 예외다. 모네 그림을 프린트한 클리어 파일 따위는 없다. 이곳은 넓은 의미에서 예술품이라고 할 수 있을 상품(그릇이나 액세서리, 아이폰 케이스나 양말 등)을 모은 큰 규모의 편집 매장이며 다른 곳에서는 쉬이 발견할 수 없는 것들이 많다. 산처럼 쌓인 멋진 소품들 사이에서 이번에 내가 고른 물건들은 다음과 같다.

1. 야와타야 이소고로八幡屋磯五郎[**]의 명물
   유자 시치미(720엔)
2. mt사에서 나온 폭이 넓은 핑크 스트라이프
   마스킹 테이프(600엔)
3. 카나야 브러시かなや刷子의 돈모
   칫솔 3개 셋트(900엔)

[**] 나가노현에 본사를 둔 시치미 제조사로서 1736년에 창업된 것으로 알려져 있다.

3번은 예전에 잡지에서 봐서 써 보고 싶었다. 간직하는 물건보다 소모품에 더 신경 쓰고 싶은 나이가 되어서인지 구입에 주저가 없었다. 마모馬毛 칫솔도 있었지만 검은 모가 약간 무서워서 하얀 돈모(딱딱한 편)를 샀다. 이 천연모 칫솔 시리즈를 어디서 살 수 있는지 궁금했는데 설마 국립신미술관에서 발견할 줄이야.

사회 풍자로 알려진 스트리트 아티스트 뱅크시Banksy의 다큐멘터리 영화 「선물 가게를 지나야 출구」Exit Through The Gift Shop, 2010는 뮤지엄 숍 문화를 비판하는 내용을 담고 있습니다. 하지만 상품 판매로 올리는 수입도 중요한걸요! 굿즈뿐만 아니라 젊은 아티스트의 작품을 가벼운 마음으로 살 수 있는 갤러리 같은 장소여도 좋겠다고 생각합니다. 오히려 그런 걸 파는 게 좋겠는데요?

모든 구두는 불완전하다

고향의 라디오 프로그램인 「FM도야마」에 고정 출연을 하게 되어 한 달에 한 번 비행기를 타고 도야마로 출장을 간다. 하네다 공항까지는 왕복 리무진을 이용하는데 비행기 발착 시간에 맞추기 힘들어 기다리는 시간이 길다. 벤치에서 노트북으로 업무를 보는 샐러리맨들 사이에 끼어 원고라도 써 볼까 했지만 도통 집중이 되지 않아 공항 안을 어슬렁거리며 시간을 때우곤 한다.

얼마 전까지만 해도 나는 국제선 터미널과 달리 하네다 공항 제2터미널에는 이렇다 할 상점이 없다고 생각했다. 그러던 어느 날 유나이티드 애로즈를 발견해 슬쩍 들어갔다가, 몇 분 후에는 피피시크Pippichic〔편집 매장 파리고Parigot의 구두 브랜드〕의 검은 우드 솔 샌들(세금 포함 34,560엔)을 결제하고 있었다. 쇼핑백을 받아들고 매장을 나오면서 '이게 무슨 일이지!?' 하고 스스로 놀랄 만큼 예상치 못한 쇼핑이었다. 공항에서 사야 할 것이라면 구두가 아니라 누름 초밥, 지친 몸으로 집에 돌아와 바로 먹을 수 있는 누름 초밥이 유일한 선택 아닌가! 하지만 구두를 샀다면 그곳, 미스터 미니트ミスターミニット〔수선 서비스 전문 체인〕에 들러야 한다…!

세상에는 다양한 불합리함이 존재하는데 새 신발에 '밑을 대야 한다'는 문화(?)에 직면했을 때처럼 불합리함을 느낀 적이 없다. 여기서 '밑'이란 가죽 신발의 밑창에 붙이는 미끄럼방지 고무 패드를 말한다. 일반적으로 펌프스 등은 밑창이 매끄러운 상태로 판매되기 때문에 그대로 신고 나가면 금방 닳기도 하고 지면이 젖어 있거든 미끄러지기 쉽다. 밑창이 망가지는 걸 방지하기 위해서라도 '밑'을 대는 것은 중요하단다.

부착형이 시판 중이지만 수선점에 가면 2천 엔 정도의 요금을 받고 알아서 잘 붙여 준다. 하이힐의 경우엔 특히 새것 그대로는 도무지 신을 용기가 나지 않아, 사자마자 미스터 미니트로 직행해 '밑'을 붙이는 마무리를 해야 구매가 완료되는 셈이다. 운동화만 신고 살던 나는 스무 살 무렵 아네스 베Agnes b에서 부츠를 사면서 처음 '밑'에 대해 알게 되었다. 별도 요금을 내야 한다는 사실을 납득할 수 없어서 속이는 건 아닐까 진심으로 의심하기도 했다. 바가지거나 서비스가 지독하게 나쁜 가게거나 둘 중 하나라고 생각했다. 예쁜 것에만 돈을 쓰고 싶은 이십대 여성에게 '밑' 지출은 치명적인 것이었다. '대금은 아네스베 앞으로 달아 주세요'라고 한마디 던지고 싶은 것을 꾹 참으며 계산을 했다.

문제는 '밑'뿐만이 아니다. 스타킹을 신고 힐을 신었다가는 바닥이 미끄러워서 신발이 벗겨져 넘어지기 십상이다. 스타킹 뒤축이나 신발 바닥에 미리 미끄럼 방지 가공을 해 두면 좋으련만. 그리고 나처럼 무지외반증이 있는 사람은 보호 패드 없이 힐을 신고 걷기가 애초에 불가능하다. '밑'을 붙이고 발부리에 젤 패드까지 붙여야 겨우 '오브

제'에서 신고 걷는 신발 본래의 기능을 다할 수준으로 끌어
올려지는 것이다.

충동 구매치고는 피피시크 샌들을 오래 애용하고 있습니다.
'밑'을 붙이고 발부리에 젤 패드도 붙였는데 역시나 발은 아팠
습니다. 그래서 인솔(깔창) 전문점에 찾아가서 발바닥의 오목
한 부분을 덧대는 가공을 하였습니다. 3천 엔 정도 들었어요.
그 덕분에 그다지 아픔을 느끼지 않고 걸을 수 있게 되었습니
다. 무지외반증용으로 맞춤 가공을 해 주는 수리점도 있다고
하니 고생하시는 분들은 꼭 알아보시길 추천합니다.

서글픈 수영복 데뷔

한 남성 지인이 이런 말을 한 적 있다.

"전철에 붙은 여성 잡지 광고를 보다 보면 어떤 시기가 되거든 특집 문구가 '여름까지 5킬로그램 빼기!'에서 '날씬해 보이게 옷 입기'로 전부 바뀌어요. 그때 '아, 여자들이 포기하기 시작했구나, 여름이 왔구나' 생각해요."

론 허먼Ron Herman에서 마침 마음에 드는 심플한 수영복을 발견해, 기분 좋게 탈의실에 들어가 옷을 벗는 순간에 그 말이 뇌리를 스쳤다. 매년 3월 즈음부터 '여름까지 5킬로그램 빼기'를 목표로 삼기를 어언 15년. 단 한 번도 달성한 적 없이 현재에 이르렀다. 사실 그다지 살이 찐 편은 아니고 키와 몸무게 모두 거의 평균을 유지하는 어중간한 몸이다. 그런데 이 정도인 사람이 유독 살을 빼고 싶어 하는 법이다. 수영복(특히 비키니)을 입으면 울룩불룩한 굴곡이 선명하게 눈에 띄니까.

그나저나 나는 비키니 데뷔가 늦었던 편이다. 그때 이미 스물아홉이었으니 참 별스럽지 않은가. 이른바 '리얼충'〔현실에 충실한 사람〕적인 청춘과는 거리가 멀었기에 젊은이들끼리 시시덕거리며 바다에서 뛰노는 일 따위는 한 번도 해 본 적 없다. 여름 바다는 잘나가는 여자와 남자들의 것이므로…. 비키니 따위 안 입어도 된다고, 여름은 시원한 방에서 해외 드라마나 보는 것이 최고라고 생각하고 살아왔지만 스물아홉의 어느 날 불현듯 마음속에서 무언가가 솟구쳤다. 비키니 차림으로 바다를 한번 즐겨 보지도 못한 채 죽을 수는 없지! 그래서 늦은 감이 있지만 비키니를 사기로 결심, 마루이 백화점의 특설 코너에서 장만한 수영복으로 도시마엔豊島園〔도쿄에 있는 유원지〕 풀장에서 데뷔했다.

그 후로는 이즈伊豆〔시즈오카현에 위치한 해안 및 온천 휴양지로 유명한 반도〕에 가거나 고향 도야마의 바닷가를 가는 등 해에 한 번은 입는다. 스물아홉 살 때 산 비키니는 디자인이 지나치게 귀여워서 아무래도 버거웠다. 슬슬 나이에 맞는 수영복을 사야겠다고 생각하다가 어쩌다 들어간 론 허먼(2009년 로스앤젤레스에서 일본에 상륙한 편집 매장으로 특유의 고급스러움이 느껴진다)에서 심플하기 그지없는 수영복을 발견했다. 생산국이 콜롬비아라는 부분은 의아했지만 티셔츠나 원피스 안에 속옷 대신으로 입어도 될 것 같았다. 이걸 사야 하나, 말아야 하나?

샀다! 상하 세트로 2만 엔이나 주고 샀는데 친구에게 보여 주니 학교 수영복 같단다. 뭐라더라? 삼십대는 랩 스커트 같은 걸로 허리를 감춰 줘야 한다나?

여하튼 데뷔가 늦은 내가 말하기도 그렇지만 자고로 수영복이란 가지고 있다는 사실 자체가 중요하다. 그리고 '입기'라는 행위를 기정사실로 만드는 것이 더욱 중요하다. 이번 여름 바다에 갈 계획은 조카를 보러 도야마에 갔다가 들를 일밖에 없다. 매장 콘셉트인 "Style of Life California"에서 가장 동떨어진 촌스러운 해수욕장 탈의실에서 자사 제품을 입는 것을 론 허먼 씨가 알면 얼마나 실망하실는지.

태평양의 달아오르는 여름 분위기와는 대조적으로 도아먀의 바다는 한여름에도 한산합니다. 사람이 적고 한적해 아이들이 한가롭게 놀 수 있어 무척 좋습니다. 조카가 파도에 휩쓸리지 않도록 곁눈질로 감시하면서 튜브를 타고 둥실둥실 떠 있나가 가끔 짊은 남성괴 여성이 분위기 좋게 대화 나누는 모습을 헤실거리며 멀리서 바라보는 것이 제가 바다를 즐기는 방법입니다.

조금 비싼 책

처음 단행본을 출간했을 때 편집자와 장정 등 책의 사양에 관한 뒷이야기를 나누다 여러 가지로 충격을 받은 일이 있다. 우선 책의 가격이 기본적으로 종이와 잉크 가격으로 정해진다는 사실. 나는 지금껏 책을 그렇게 사들이며 가격은 당연히 작가 재량으로 정해지는 것이라고 믿었다. 작가가 천 엔에 팔자고 하면 천 엔, 천육백 엔으로 하자고 하면 정가도 천육백 엔이 되는 줄만 알았다. 당연히 작가에게 그런 권한은 없다.

실제로는 '이런 멋들어진 장정으로 하고 싶어!'라는 이상과 '그런 비싼 종이를 쓰면 채산이 안 맞아요'라는 현실의 타협 끝에 결정된다. 가능한 한 정성을 다해 멋진 장정으로 만들고 싶은 마음은 같겠지만 상식적인 수준의 가격 책정을 위해서는 세상에 존재하는 수많은 종이와 잉크 중에서 예산상 감당할 수 있는 조합으로 적절히 맞춰서 선택해야만 한다. 디자이너의 실력을 가늠할 수 있는 대목이기도 하다. 제작에 관해서는 아무것도 모르던 나는 "비닐 커버를 씌우고 싶어요"라고 했다가 "백만 부 팔리는 베스트셀러 작가가 되시거든요!"라고 편집자에게 단칼에 거부당한 적도 있다.

여전히 책 만드는 일에 대해 잘 모르는데, 얼마 전 신간 회의에서 편집자에게 충격적인 정보를 듣게 되었다.

견본으로 받은 예쁜 올컬러 단행본을 펼쳐 보며 "역시 컬러가 좋네요!" 하자 이런 대답이 돌아왔다. "그런데 그 책, 인쇄에 돈이 너무 많이 들어서 찍으면 찍을수록 적자인 엄청나게 불행한 책이에요."(!)

그렇게 책을 만드는 사람들의 고충을 조금씩 알게 되면서 독자로서 책을 구입할 때의 마음가짐에 변화가 생겼다. 조금 비싸다 싶더라도 책을 만드는 데는 필연적으로 그만큼 비용이 든다는 점을 되새긴다. 또 '조금 비싼 책'은 발행 부수가 적어 희소가치가 있다고 생각하게 되었다. 예를 들어 『20세기 에디토리얼 오디세이: 시대를 만든 잡지들』20世紀エディトリアル.オデッセイ:時代を創った雑誌たち이라는 책의 가격은 2,700엔이다. 슈링크 필름(오염 방지를 위한 투명 필름)에 싸여 서점 매대에 진열되어 있었기 때문에 내지를 볼 수는 없었지만 대단한 책이라는 직감이 들어 구입했다. 역시나 몇 페이지 훑어보니 현기증이 날 만큼 응축된 만듦새의 책이었다. 정가의 열 배는 훌쩍 뛰어넘고도 남을 만한 가치가 있지 않을까.

영국 출신의 세계적 모델 알렉사 청의 자서전 『잇』IT은 3,240엔이나 하는 고급 양장본이다. 옅은 핑크색 천으로 감싼 하드커버에 필기체로 쓴 알렉사 청의 사인과 제목을 검은 박으로 후가공해 고급스럽다. 단가가 높은 고급 종이에다 내지도 대부분 컬러다. 그 외에도 저작권 사용 허가를 얻는 데 비용이 많이 들었을 법한 유명인 사진을 다수 사용했다. 알렉사 청의 재치 있는 문장도 매력적이지만 책 그 자체가 작품이라는 생각이 든다. 아마도 '찍으면 찍을

수록 적자가 나는 부류'임에 틀림없을 책이다. 그래서일까 한정으로 3,000부만 판매했다. 예전의 나라면 너무 비싸다고 한마디 하고 돌아섰겠지만 이제는 이런 책이 일본어로 번역되어 서점에서 팔리고 있는 것이 일종의 기적이라고 생각한다. 이끌리듯 바로 집어 들어 집으로 데려왔고 그저 흠뻑 빠져 바라보고 있다.

실은 이 책을 단행본으로 만들 때도 이런저런 일이 있었습니다. 잡지 연재는 흑백이었지만 단행본은 책과 영화 홍보물 작업으로 유명한 일러스트레이터 가와하라 미즈마루川原瑞丸 씨에게 컬러 일러스트를 부탁드렸습니다. 그렇게 완성한 그림을 어떻게든 세상에 보이고 싶은 욕심에 컬러로 책을 만들게 되었지요. 다행히 편집자가 지혜를 짜내어 가까스로 가격을 맞출 수 있었습니다! 그러나 미세 조정 중에 예상치 못한 여백이 다수 발생하게 되었고, 그 여백들을 메우기 위해 이렇게 일러스트 아래마다 짧은 글을 새로 써 넣게 된 것입니다.

샤치하타풍 립스틱

1990년대 후반부터 타성에 젖어 메이크업을 해 온 나는 가는 눈썹을 그리고 광대뼈에 동그랗게 블러셔를 바르는 스타일을 고수해 왔는데, 이게 어느새 지나간 유행이라는 사실을 1년 전 어느 날 알게 되었다(정확히는 「마쓰코＆아리요시의 이카리신토」マツコ＆有吉の怒り新党〔아사히 TV에서 2011~2017년에 방영된 예능 프로그램〕의 진행자인 나쓰메 미쿠夏目三久 아나운서의 진화를 거듭하던 헤어 스타일이 마침내 안정기에 들어선 무렵이었다). 유행은 20년 주기로 반복된다고들 하는데, 계속 올 듯 말 듯하던 두꺼운 눈썹(자연 눈썹) 붐이 드디어 온 것이다.

참고로 요즘 이십대 여성 사이에서는 아이돌 그룹 AKB48의 시마자키 하루카島崎遥香처럼 팔자 모양으로 처진 '난처한 눈썹'이 유행하고 있다고 한다. 곱씹어 볼 여지가 있는 현상이지만 조금 바빠서 일단은 이만. 왜 바쁘냐면 팔자 눈썹을 이리저리 고쳐서 자연스러운 일자에 가깝게 그리느라 그렇다. 물리적으로 난이도가 상당한 일이다. 메이크업 시간의 반은 이 공정에 소요된다고 해도 과언이 아니다. 차라리 눈썹을 심어 버릴까 싶다가도 그랬다간 20년 후에 정말 난처해질지도 모르니….

그건 그렇고 눈썹이 바뀌면 다른 부위의 유행도 바뀌는 법이다. 가는 눈썹 전성기엔 립스틱보다 립글로스가 대세였다. 립글로스는 색이 들어간 연고와 같은 제형으로 라멘을 먹고 난 것처럼 입술에 윤기 흐르는 느낌을 만들어 주는, 립스틱과 비슷하면서도 다른 아이템이다. 이십대 때만 해도 립스틱은 나이 들어 보인다고 생각했는데 정신 차려 보니 어느새 내 메이크업 도구함에서 립글로스는 모습을 감추었고 나는 태연하게 립스틱을 바르고 있다.

작년 여름 구입한 입생로랑Yves Saint Lauren의 '루쥬 볼륍떼 샤인'(4,000엔)의 6번(핑크 계열)과 12번(레드 계열)은 선명한 발색이 특징이다. 밋밋하게 옷을 입었을 때 바르면 어딘가 세련된 분위기가 난다. 하지만 솔직히 내겐 그다지 어울리진 않았다. 입이 작아서 강렬한 색을 사용한 포인트 메이크업은 위화감을 자아내기 때문이다. 그런 점에서 폴 앤 조 보떼Paul & Joe Beaute의 '립스틱 302'(3,000엔+세금)는 피부에 잘 어울리는 핑크 베이지라서 상당히 아끼고 있다. 한편 얼마 전 평소에 쓰기 좋은 오렌지색 계열 립스틱을 찾던 중에 우연히 만난 제품이 랑콤Lancôme의 '압솔뤼 루즈 306'이다.

화장품 매장에서 발라 보자마자 '이거다!' 싶어 망설임 없이 4,320엔을 계산했다. 집에 돌아와 두근거리며 상자를 열었더니 립스틱 패키지에 인쇄된 묘하게 나이 들어 보이는 장미 무늬가 눈에 띄었다. 디자인도 어쩐지 샤치하타Shachihata(만년 도장으로 유명한 도장 전문 업체)의 인감 도장처럼 보였다.

이 순간의 당혹스러움을 어떻게 전할 수 있을까? 화장품에게 바라는 것은 다름 아닌 두근거림이다. 그것을 위해 백화점 1층을 빙빙 돌다 국내 화장품보다 20퍼센트는 비싼 값을 주고 사는 건데 이 샤치하타스러움은 좀 아니지 않나. 제품 자체는 만족스러워서 아쉬움을 삼키고 애용 중이다.

이 샤치하타풍 립스틱은 지금(2016년 1월)도 제 화장품 파우치에 들어 있습니다. 줄곧 애용하고 있어요. 디자인 면에서 의문이 드는 것은 어쩔 수 없으나 뚜껑과 본체에 자석이 붙어 있어 달칵하고 딛히는 사용감이 무척 좋습니다. 불평이 지나쳤던 것 사과드립니다(그래도 충격적이긴 했어요!). 그건 그렇고 문득 사용 기한이 신경 쓰이네요. 폴 앤 조의 립스틱은 어쩌면 10년 정도 썼을지도? 음….

카시오 손목시계

패션 잡지에서 가성비 특집을 하거든 반드시 등장하는 아이템 중 하나가 카시오Casio 디지털 손목시계다. 얇은 금색 메탈 밴드가 어떤 차림에도 잘 어울리고 무엇보다 가격이 놀랍도록 저렴하다(정가 6천 엔가량에 인터넷가는 3천 엔까지도 내려간다). 폭발적인 인기는 말할 것도 없는데 편집 매장 같은 곳을 가면 여성 점원이 차고 있는 모습을 자주 발견할 수 있다. 매장 점원들 대상으로는 70퍼센트 이상의 보급률을 보이지 않을까 싶다.

호감 가는 점원의 손목에서 빛나고 있는 카시오를 볼 때마다 편해 보이고 멋져서 나도 가지고 싶다는 생각만 한 지 어느새 5년여. TK사운드*의 전성기에 누구나 가지고 있던 고무로 데쓰야 CD 한 장 사지 않았던 내가 이토록 메이저한 물건을 가벼이 살 리가 있나!

하지만 올봄에 떠날 파리 여행에 필요한 트렁크와 물건들을 사면서 여행할 때 차면 안성맞춤이겠다는 생각에 구매를 결정했다. 시간 확인은 스마트폰으로 충분하지만 '파리에서 아이폰을 들고 다니면 소매치기당하기 쉽다'는 친구의 충고를 듣고 '그럼 아이폰을 들고 다니지 않을

---

*   가요 프로듀서 고무로 데쓰야小室哲哉가 프로듀싱한 뮤지션 및 노래를 통칭한다.

방법이 뭘까?'를 생각한 끝에 결정한 구매라고 할 수 있다.

그런데 디지털식 버튼을 삑삑 눌러 파리 시간으로 설정하는 작업이 기계치인 내게는 아무래도 어려웠던 탓에 결국 여행 중에는 그간 애용하던 타임 윌 텔Time Will Tell의 메디슨Madison 시리즈(약 1만 엔)를 차고 다녔다. 그 후 여행을 마치고 보통의 생활로 돌아와서는 카시오가 주전으로 활약하기 시작했다. 그저 편한 정도가 아니라 거의 컨버스 올스타급인, 명예의 전당은 맡아 둔 아이템이다.

그런데 그토록 훌륭한 카시오의 손목시계를 얼마 전에 잃어버렸다! 어느 날 아침에 평소처럼 외출 준비를 하고 마지막에 카시오를 차려 액세서리 보관함을 열었는데 아무리 뒤져도 보이질 않았다. 방 전체를 찾아봐도 없었다. 나름 꼼꼼한 성격이라 물건은 제 위치에 두는 습관이 들어 있어서 좀처럼 물건을 잃어버리지 않는 편인데….

이미 잃어버린 것을 어쩌랴. 문제는 다시 살까인데, 다행히 가격이 저렴해서 새로 사는 것이 큰 고민은 아니지만, 따지고 보면 여행용으로 샀던 것이고 솔직히 송두리째 마음을 빼앗길 만큼 반했던 것은 아니다. 오히려 지나치게 싼 가격이 조금 걸린다. 인터넷에서 3천 엔이면 살 수 있는 손목시계를 굳이 다시 살 필요가 있을까?

내가 추구하는 패션의 테마가 '어디 내놔도 부끄럽지 않은 삼십대 여성'인 만큼, 이번 기회에 조금 더 고급스러운 물건을 찾아보려 한다. 아무튼 카시오를 다시 사는 것은 포기했다. 흠, 하지만 예를 들어 바비큐 파티나 페스티벌 같은 야외 활동에 찰 손목시계로는 딱이니 하나쯤 가지고 있어도 괜찮을 듯해서 조금 미련이 남는다. 아니, 바비큐는커녕 페스티벌에도 안 가니까 역시 필요 없겠지…. 고민 또 고민.

고민 끝에 거의 비슷한 디자인이면서 조금 큰 남성용 사이즈로 재구매했습니다. 가격은 정가가 1만 엔인데 인터넷으로 거의 반값에 구입했네요. 하지만 역시 싸다 보니 함부로 다루게 되더라고요. 언젠가 바다에 갔을 때 대충 풀어서 동행에게 잠깐 맡겼다가 잃어버렸습니다. 애착이 없지는 않았건만 마음이 편하다 못해 해이해지는 물건이었나 봅니다.

구찌 스윙 레더 토트 백

　　여름이라 하면 역시 세일! 거리는 활기로 가득 차고 창문마다 붙은 알파벳 "SALE"이 춤을 춘다. 나라고 예외일까. 이날만을 기다렸다는 듯 클리어런스 세일이 한창인 이세탄 님을 향해 진격했다.

　　그렇다고 쇼핑 헌터처럼 세일 매장을 휘젓고 다니려는 것은 아니다. 세일 때는 사람에 치여 피로해지기 쉬우니까. 체력은 물론이고 얼마나 싸게 사는지를 겨루는 심리전(?)이 정말이지 피곤하다. 싸서 좋긴 한데 그동안 세일에서 '득템'을 한 적은 별로 없다. 같은 상품이라도 '오늘 들어온 신상'이라며 점원이 추천하는 정상가 상품은 멋져 보이는 데 비해 50퍼센트 태그가 붙어 옷걸이에 아무렇게나 걸려 있으면 낡아 보이니 신기하지 않은가. 게다가 정가에 샀던 물건에 세일 태그가 붙은 것을 보면 이루 말할 수 없는 복잡한 감정이 밀려온다. '손해 봤다!'의 분노와 '세일 품목 신세가 되다니…'의 슬픔이 교차해서 차마 똑바로 바라볼 수 없게 된다. 세일이란 희비의 엇갈림이랄까.

　　이십대 때는 세일에서 산 옷을 한 시즌만 입고 모드 오프Mode Off〔체인형 중고 의류 매장〕에 가져다 헐값에 팔아 버리는 것도 괜찮다. 하지만 삼십대부터는 활용도가 높고 질도 적당히 좋은 물건을 사는 것이 중요하다고 온갖 잡지에서 알려 준다. 이십대가 입는 유행 디자인을 반짝 스타에 빗댄다면 삼십대부터는 훨씬 중후한 전통 예능의 길을 걷는 것이다. 초기 비용은 들어도 길게 보면 후자가 경제적일 수 있다. 한 개에 2만 엔 정도 하는 가방이 옷장에 열 개쯤 쌓여 있는 것을 보고 이 돈이면 명품 가방도 샀겠다 싶어 뼈저린 후회에 잠겼던 밤을 나는 잊지 못한다.

그런 연유로 한창 세일 중인 이세탄에서 나는 할인 경쟁 따위는 어디서 부는 바람이냐며 흔들림 없는 평정심으로 1층 명품 매장에 자리한 구찌Gucci를 향해 직행했다. 노리고 있던 물건은 스윙 레더 토트 백(129,600엔)이다. A4 서류와 노트북이 들어갈 만한 크기의 검은 가죽 가방을 줄곧 찾고 있었기 때문이다. 큰 산 하나 넘거든 자신을 위한 '포상'으로 살 셈이었으나 이래저래 더는 못 참겠어서 일이 시작되기도 전에 '바람몰이'의 심정으로 사 버렸다. 유행을 타는 느낌은 없고 지극히 심플하다. 셀린느Celine 의 러기지 백처럼 주장이 강하지 않아 질리지 않을 듯하고 무엇보다 명품 백치고는 터무니없이 비싸지 않은 점이 매력이다.

그건 그렇고 세일에 휩쓸리지 않는다는 둥 진지하게 패션 철학을 늘어놓다가 구찌 백을 샀다는 이야기에 다다른 순간 공든 탑이 와르르 무너지는 느낌이 드는 것은 왜일까. 경박해 보일까 조금 걱정스러운 것이 사실이다.

세일 종료 기간에 가까워질수록 사이즈나 색상이 순식간에 사라지기 때문에 점찍어 둔 아이템을 못 사는 경우도 많습니다. 그래서 반대로 새 시즌이 시작되자마자 매장을 둘러보곤 합니다. 정가에 신상품을 사기로 결심한 후 시착과 고민을 거듭해 구입을 결정하지만 그럼에도 결국 입지 않을 옷을 사는 일이 생깁니다. 이제제 패션 철학은 '사 봐야 안다'입니다.

안톤 휴니스의 귀고리와 목걸이

　　세일 때라도 평상심을 지키며 정가 쇼핑을 한답시고 고상을 떨었지만 사실은 일에 치여 세일에 가지 못하니까 그럴 수밖에 없는 것이다. 세일 철에 유독 쇼핑 욕구가 솟아서인지 일만 해서 스트레스가 쌓인 탓인지, 분명 방금 전까지 PC 모니터를 바라보며 원고를 쓰고 있었는데 어느새 아마존에서 안톤 휴니스Anton Heunis 귀고리와 목걸이를 사고 있었다.

　　안톤 휴니스는 2004년에 런칭한 스페인의 액세서리 브랜드이다. 풍부한 색채의 보석들을 사용해서 다소 과하다 싶을 만큼 화려한 것이 특징이다. 당연히 현대 작가가 만드는 액세서리인데 처음 보았을 때 '외국 앤티크 숍에서 기적적으로 만난 단 하나뿐인 커스텀 주얼리'를 발견한 듯 흥분되었다. 그 정도로 특별한 느낌이 있다.

　　가격은 사이즈와 디자인에 따라 제각각이지만 제일 가벼운 것도 1만 5천 엔은 가뿐히 넘기니 액세서리치고는 상당히 비싼 편이다(티파니앤코Tiffany & Co., 까르띠에 Cartier에 비하면 소박하지만). 어쨌든 액세서리는 유행을 많이 타는 옷과 달리 반영구적으로 쓸 수도 있고 이러쿵저러쿵… 스스로에게 변명하면서 약 2년 전에 처음으로 사보았다. 그 후 안톤 휴니스를 발견할 때마다 예쁘다, 갖고 싶어, 모으고 싶어 하며 넋을 잃고 바라봤지만 막상 하나

고르려 하면 비슷한 듯 다른 디자인이 매 시즌 새로 발표되어 자꾸 신상에 눈이 가는 걸 멈출 수가 없었다. 단 하나뿐인 디자인이라면 단호하게 샀을 텐데 너무 다양해서 좀처럼 고르지 못한 것이다.

그러던 어느 날, 집에 갇혀 일만 한 스트레스가 폭발할 지경이 되어 현실 도피로 검색창에 '안톤 휴니스'를 쳐 봤다. 그런데 친숙한 아마존에서 뜻밖의 세일을 하는 것이 아닌가! 매장에서는 '세일 제외품'으로 분류되어 유리 케이스 안에 들어 있었는데 말이다. 그래, 이건 살 수밖에 없지! 머리에 갑자기 피가 오른 나는 순식간에 이런저런 계산을 시작했다.

가지고 있는 것과 겹치진 않는가, 충동구매여도 용납이 되는 가격인가, 활용도는 높은가, 머릿속에서 시작했을 때 잘 어울렸는가 등등….

그렇게 마라카이트라는 이름의 녹색 줄무늬가 들어간 천연석 귀고리와 목걸이를 클릭 한 번으로 구매해 버렸다. 둘 다 30퍼센트 할인된 가격으로 귀고리가 12,852엔, 목걸이가 10,584엔. 구두면 몰라도 아마존에서 액세서리를 사다니 웬일인가 생각도 했지만.

mizmaru kawahara.

십대, 이십대 때는 몇천 엔으로 잡화의 연장선상에 있는 액세서리를 사는 게 즐거웠는데 삼십대가 되자 평균 소비 금액이 급등해 버렸습니다. 옷과 가방과 구두만으로는 패션이 완성되지 않지요. 액세서리의 중요성을 절실히 느끼기는 하지만 욕심껏 갖추기는 어려워요. 아무튼 성인 여성이 그럭저럭 멋내는 데 드는 돈은 엄청나죠. 그럼요, 많이 들고말고요!

이야오!

      프로레슬링을 좋아하는 친구가 티켓을 구해 줘서 지난 8월 1일 태어나 처음으로 고라쿠엔 홀後楽園ホール에 다녀왔다. 이날을 위해 나름대로 「월드 프로레슬링」ワールドプロレスリング을 매주 챙겨 보며 스타 선수의 얼굴과 이름, 닉네임을 맞출 정도로는 예습해 뒀다. "백 년에 한 명 나올 귀재, 다나하시 히로시棚橋弘至", "금가루 비를 내리게 하는 남자, 레인 메이커 오카다 가즈치카オカダカズチカ" 등등. 준비는 완벽하다. 신일본 프로레슬링 G1 클라이맥스 예선전, 기다리고 기다리던 프로레슬링 첫 관전이다.

      고라쿠엔 홀은 도쿄돔 옆 한 주상 복합 빌딩의 5층에 있다. 일단 그 사실에 한 번 놀랐고, 체육관 자체도 상당히 작아서 두 번 놀랐다. 신참 관전자로서 마음 쓰였던 부분은 인기 없는 선수에 대한 싸늘한 반응이었다. 프로레슬링에서는 입장할 때 다들 화려한 퍼포먼스를 하는 줄 알았는데 어떤 선수는 쥐도 새도 모르게 조용히 들어와 링에 서 있기도 했다. "어, 이 사람 선수였어?" 하고 여러 번 놀라기도 했다. 특히 AJ 스타일스AJスタイルズ를 제외한 외국인 레슬러에 대해 말도 못 하게 차가웠다! 반대로 덴잔 히로요시天山広吉에게는 우레와 같은 함성이 쏟아졌다.

      만일 여성이 갑자기 프로레슬링에 흥미를 가지게 된다면, 그 이유는 십중팔구 이부시 고타飯伏幸太다. 진지한

프로레슬링 남성 팬들에게는 빈축을 살 만한 가벼운 동기지만 세상사라는 게 다 그런 것 아닌가. 숨길 일이 뭐 있으랴, 나 역시 이날 훈남 레슬러 이부시 고타를 뵙기 위해 어슬렁어슬렁 찾아온 것이나, 아쉽게도 며칠 전 결장이 발표되었다고 한다. 아쉬움에 조금 풀이 죽어 관람하고 있던 내 눈에 들어온 것이 승리 선언으로 "이야오!"를 외치는 빨강이 어울리는 남자 나카무라 신스케中邑真輔였다.

'반역의 보마예Bomaye[*] 나카무라 신스케'는 동글한 얼굴에 하프 모히칸 헤어 스타일을 한, 시합 도중에 흐느적거리는 몸동작을 하는 괴짜 선수다. 강렬한 비주얼에서부터 기분 나빠지는 표정까지 아무리 봐도 이상하고 생리적으로 맞지 않는다고 생각했는데 실물을 영접하자 마음을 송두리째 빼앗겼다. 키 188cm, 팔과 다리가 길쭉하고 움직임이 다이내믹해 아름답기까지 하다. 기분 나쁨과 우아함이 공존하는, 미술 작품으로 치면 프랜시스 베이컨의 그림 같다고나 할까. 이부시를 보려 티켓을 구해 놓고 설마 나카무라에게 빠져 돌아갈 줄은 몰랐다. 사랑이란 자고로 하는 것이 아니라 빠지는 것이랬으니!

시합이 끝나고도 마음이 진정되지 않아 특판 코너에 가서 나카무라 신스케 키홀더(받침대에 세울 수도 있다. 가격은 1,400엔. 비싸다!)와 입버릇인 '끓어오른다!'가 적혀 있는 나카무라 신스케 부채(500엔), 거기에 서핑을 즐기는 평소 모습이 가득 담긴 나카무라 신스케 화보집(1,300엔)

[*]   스와힐리어로 '박살 내'라는 뜻을 가진 레슬링 기술 이름이다.

까지 사 버렸다. 심지어 그 책을 보고 나카무라 신스케와 내가 같은 나이라는 사실을 알게 되어(학년은 내가 1년 아래다) 작은 충격을 받기도 했다. 그러고 보니 오래전 아사쇼류 아키노리朝青龍明徳〔전 스모 챔피언〕와 동갑임을 알았을 때도 이와 비슷한 복잡한 기분이 들었더랬다.

최근에는 좀처럼 관전을 가지 못해 프로레슬링으로부터 마음이 다소 떠났지만, 생각난 김에 검색하다 발견한 나카무라 신스케 피규어 '프로 격투 히어로즈 F 1/11 스케일'プロ格闘ヒーローズF(Figure)1/11スケール(세금 포함 5,400엔)의 완성도가 너무 높아 오랜만에 끓어올랐습니다. 티셔츠나 파카뿐 아니라 여러 선수의 시합용 코스튬을 재현한 실용적인 속옷(남성용 브리프 트렁크, 여성용 브라 팬티 세트)도 꼭 만들어 주면 좋겠어요.

리틀 선샤인의 타월

매일 쓰다 보니 낡아도 알아채지 못하는 물건의 쌍두마차, 그것은 팬티와 수건이다. 팬티는 몇 달 전에 싹 교체했지만 수건을 완전히 잊고 있었다. 슬슬 바꿔야지 생각만 하다가 2년은 훌쩍 넘게 흘려보낸 것 같다.

좋은 수건 없을까 잡지를 뒤적이다 모 스타일리스트의 애용품 리스트에서 '로열 벨벳'Royal Velvet이라는 수건의 존재를 알게 되었다. 10년, 아니 20년을 사용해도 전혀 상하지 않는 내구성을 자랑하며, 심지어 쓰면 쓸수록 촉감이 부드러워진다고 한다. 갖고 싶다. 그걸로 할게요!

하지만 인터넷으로 조사해 봤더니 안타까운 사실이 드러났다. '로열 벨벳'을 생산하던 미국의 필드크레스트Fieldcrest사가 도산해 이제는 현실에 존재하지 않는 환상의 수건이라고. 저가 수입품에 밀려 양질의 상품을 만드는 국내 메이커가 고전하는 것이 일본만의 일은 아니었던 것이다.

"좋은 물건은 쓸수록 반드시 우아하게, 고급스럽고 아름답게 변모해 갑니다. 〔…〕 아쉽게도 현대 소비사회에서는 질 좋은 상품을 볼 기회가 점점 적어지고 원하는 사람도 줄어듭니다. 질이 좋은 물건은 소량으로 제작할 수밖에 없기에 고가가 되기 때문이겠지요. 이것을 사치라고 부릅니다." 도미니크 로로Dominique Loreau가 자신의 책 『심플하게 산다』L'art de la Simplicité에서 한 말이다. 그런데 한번 좋은 물건을 맛보면 대량 생산의 조악한 물건을 견딜 수 없게 되는 법, 인터넷에는 '로열 벨벳' 애용자들의 러브콜이 쏟아지고 있었다.

그러던 어느 날 역 빌딩*에 입점한 플라자Plaza(구 소니플라자)에 다양한 색상의 수건이 쌓여 있는 것을 발견했다. 브랜드명은 '리틀 선샤인'LITTLE SUNSHINE. 팝업 광고의 설명에 따르면 쓸수록 촉감과 닦는 느낌이 좋아진다고 한다. 과거 미국에서 유행한 '육성형 타월'을 재현하고자 일본의 타월 메이커 핫맨Hotman과 플라자가 공동 개발했다고 한다.

이것이야말로 내가 찾아 헤매던 그 물건이 아닌가! 설마 일본에서 '로열 벨벳'의 르네상스가 일어나고 있었다니. 세안 수건은 2,700엔, 목욕 수건은 5,940엔이다. 사야죠! 사 줍시다!

역시나 그 감촉은 일찍이 경험해 본 적 없는 것이었다. 쓸데없이 과하게 부들거리지 않고 그렇다고 뻣뻣하지도 않은데 흡수력은 대단했다. 보통 새 수건은 물을 거의 흡수하지 않는데 말이다. 적당히 알맞은 두께가 믿음직해 이거라면 오래 쓸 수 있겠다 싶었다. 기대 이상의 사용감에 집 안의 수건을 전부 맞추기로 했다. 목욕 수건 두 장, 세안 수건 여덟 장, 목욕 마친 후 몸 닦을 때 쓰는 것과 부엌과 화

---

* '역 빌딩'駅ビル은 철도 역사를 중심으로 식당, 점포 등의 각종 시설을 수용한 일종의 종합 빌딩을 뜻한다.

장실에서 손을 닦을 때 쓰는 것까지 전부 '리틀 선샤인'으로 통일했다. 계산대 위 수건 더미를 본 플라자 점원도 잠시 당황하는 눈치였다.

사실 이 에피소드가 잡지에 실린 직후에 핫맨 사장님으로부터 감사 인사를 받았습니다. 정성을 다해 물건을 만드는 제작사의 마음과 노력을 헤아리고, 단순히 '이런 걸 샀다'에서 그치는 것이 아니라 앞으로도 사람들에게 소개할 마음이 드는 물건, 더 잘 팔리길 바라는 물건, 응원하고 싶어지는 물건을 다루겠다는 다짐을 새삼 다시 했습니다. 쇼핑은 좋아하는 물건에 소비를 통해 지지를 표하는 것이나 마찬가지 아닐까요.

버릴 듯 버리지 않는

앞선 글에서 말했듯, 집안의 모든 수건을 '리틀 선샤인'으로 통일했다. 같은 수건이 가지런히 늘어서 있는 것을 보면서 호텔에 온 것 같다며 기뻐하는 옆에서 '우리는 앞으로 어떻게 되는데?'라며 슬픈 기운을 뿜어내고 있는 낡은 수건들. 목욕 수건이 여섯 장, 세안 수건이 열 장. 어느새 이렇게 쌓였지 싶다. 지금이 쇼와昭和〔1926~1989〕 시대였다면 목욕 수건은 발 매트로 쓰거나 몇 번의 재활용을 거쳐 마지막에는 걸레로 삼는 것이 바람직했을 것이다. 하지만 발 매트도 걸레도 그 용도로 따로 사 둔 것들이 있다(심지어 자투리 천을 재활용해서 화사하게 되살려 낸 친환경 제품이다). 아쉽지만 우리 집에는 낡은 수건을 재활용할 여지가 없는 것이다. 다소 낡았어도 그냥 버리기에는 너무나 아까운 수건들을 버리지 않고 처리할 방법이 없을까 검색해 보았는데, 단번에 찾아졌다.

'개와 고양이를 위한 구명정'犬と猫のためのライフボート은 보건소 등에서 개와 고양이를 보호해 새로운 주인을 찾아 주는 활동을 하는 비영리 단체다. 다양한 활동 지원 방법 가운데 '물건으로 지원하기'가 있었다. 동물 보호소에 필요한 물품들(건사료 등)이 적혀 있었고 특히 수건류 앞에는 '긴급' 마크가 떠 있었다. 목욕 수건은 아기 고양이 장의 깔개로, 세안 수건은 청소용이나 식기 닦이용으로 쓰

인다고 하며 어느 쪽이든 새것이 아니어도 된다고 한다.

이보다 시의적절할 수 있을까! 바로 메일로 문의를 보냈더니 "꼭 보내 주세요!"라고 회신이 왔다. 깨끗하게 세탁해 보내기만 해도 쓰레기가 될 뻔했던 것이 유용한 쓰임을 찾게 된다니, 얼마나 건설적이고 기분 좋은 전개인가.

사실은 이렇게 필요 없는 물건으로 선순환에 참여할 수 있는 곳이 적지 않다. 헌책은 팔면 약간의 돈이 되지만 요즘에는 '책 정말 고마워 프로젝트'本っとありがとうプロジェクト라는 이름의 헌책으로 기부를 할 수 있는 단체에 보내고 있다. 책 매입 금액으로 미성년 여성의 자립을 지원한다고 한다. 착불 택배를 받아 주는 것도 고마운 점이다. 얼마 전에는 필요 없는 물건을 개발 도상국에 기부하는 활동을 하고 있는 '월드 기프트'ワールドギフト에 쓰지 않는 담요를 보내기도 했다. 다만 배송료가 부과되며 재사용을 위한 처리 비용도 포함되어 집하되는 시스템으로 2,200엔이 들었다. 조금 비싸긴 하지만 아직 쓸 수 있는 것이 버려지는 것보단 낫다! 뼛속까지 박힌 쇼와 세대적 자린고비 정신 탓에 그냥 버리는 것은 참을 수 없다.

사는 건 간단하지만 버리는 것은 어려운 세상. 그렇기에 버리지 않고 현명하게 처분했을 때의 상쾌함이 세일로 좋은 물건을 건졌을 때의 기쁨보다 나으면 나았지 못하지 않다.

소비의 환희만이 아니라 다른 부분들도 두루 다루겠다는 것이 이 연재를 시작했을 때의 마음가짐입니다. 계속 새로운 물건을 사기만 하고 낡은 것은 버리고 마는 것에 마음이 쓰입니다. 안 버리고 쌓아 두는 것도, 너무 많이 버리는 것도 마찬가지고요. 생각이 많아집니다. 의식주 어느 하나 빠짐없이 잘 돌보고 즐기며 살고 싶지만 무엇이 진정 자신을 위하는 길일까요. 모색은 계속됩니다.

흰 셔츠라는 과제

얼마 전 '매킨토시 필로소피'Mackintoshi Philosophy에서 빨간 미디엄 스커트를 발견했다. 아야야(와카오 아야코) 님이 1957년 주연을 맡았던 영화「명랑 소녀」青空娘에서 입은 청순미 가득한 스커트를 쏙 빼닮지 않았는가! 가격은 세금 포함 20,520엔, 색상이 강렬하지만 어디에나 맞춰 입기에 좋을 것 같다. 가격이 좀 세다 싶었지만 아야야 팬으로서 물러설 수 없다는 생각에 구입을 결단했다.

「명랑 소녀」 DVD 패키지에서도 볼 수 있는 아야야의 의상은 작은 칼라가 앙증맞은 하얀 5부 소매 셔츠를 빨간 스커트 안에 단정하게 넣어 입은 청초한 아가씨 스타일이다. 이 영화가 나오기 3년 전에 일본에서 개봉됐던 「로마의 휴일」Roman Holiday에서 오드리 헵번이 연기한 앤 공주가 입어 유명해진 코디(반팔 흰 셔츠와 플레어스커트 조합)의 변주라는 느낌도 들고 정말 귀엽다.

한편 2014년 9월의 어느 날, 가도카와 시네마 신주쿠에서 개최된 이치카와 라이조市川雷蔵 영화제에 토크 게스트로 참석했다. 라이조 선생님이 아야야와 함께 출연한 작품인 『하나오카 세이슈의 아내』華岡洲の妻, 1967 상영 후에 무대에 올라가 영화에 대한 이야기를 하기로 되어 있었다. 모처럼이니 (이치카와 라이조와는 관계가 없어도) 장만해 둔 빨간 스커트를 입고 「명랑 소녀」 느낌을 내 보겠다고 신

을 냈다. 흰 셔츠는 몇 벌 있으니 아무거나 적당히 맞춰 입으면 되겠지 생각했지만, 전날 밤 입어 보니 전부 미묘하게 「명랑 소녀」 느낌이 나지 않는다는 예상치 못한 사고가 발생했다. 같은 흰 셔츠라 해도 모양, 소재, 질감은 천차만별인 것이다.

그리하여 토크 이벤트 당일, 가도카와 시네마 신주쿠에서 길 건너 대각선에 있는 백화점, 즉 이세탄 님에 들러 불도저처럼 흰 셔츠만 골라 입어 보고 다녔다. 2층에서 '갤러리 비에'Galerie Vie의 감촉이 훌륭한 하얀 면 셔츠를 발견했지만 가격이 맙소사, 3만 엔? 그것보다 만 엔 싼 것이 '트리코 꼼 데 가르송'tricot Comme des Garçons의 둥근 칼라 블라우스였다. 하지만 칼라가 미묘하게 크고 원단도 두꺼워 「명랑 소녀」 느낌은 아니었다. 다음에 눈에 들어온 것은 '베이지'Beige라는 브랜드의 흰색 실크 셔츠였다. 「명랑 소녀」 느낌 내기의 측면에서는 상당히 고득점이다. 25,920엔이라는 가격도 소재가 실크인 점을 감안하면 용납할 수 있다. 시간이 없어 결국 이 셔츠로 결정! 옷을 갈아입고 무대에 올라 영화에 대해 이런저런 이야기를 하고 무사히 업무를 종료했다. 새 옷은 사자마자 20분 만에 면직된 셈이다(의상비는 물론 자비).

흰 셔츠는 옷장을 채우는 기본 중의 기본 아이템이다. 그렇기에 오히려 제대로 된 것을 살 기회를 얻지 못하기 쉽다. 나 역시 이런 행사가 아니었다면 2만 엔이 넘는 흰색 실크 셔츠를 일부러 살 일은 없었을 것이다. 여하튼 결과적으로 질 좋은 흰 실크 셔츠가 생겼으니 다행한 일이다.

간단한 물건일수록, 원하는 이미지가 확고할수록 '찾으면 없는' 법입니다. 아야야 셔츠를 그토록 열심히 찾은 이유는 오로지 '행사에 아야야 코스프레를 하고 가겠다'라는 목적이 있었기 때문이었죠. 마침 그다음 해에도 같은 영화관에서 와카오 아야코 영화제가 개최되어 같은 스타일로 코디하고는 다시 단상에 올라 아야야 예찬을 실컷 늘어놓았습니다.

인생 첫 미술품을 장만하다

미술관에 가는 걸 좋아하는 편이라 시간이 생기면 이곳저곳 다니는데, 그 후기를 잡지 『TV bros.』에 기고한 지 1년 반이 되어 간다. 격주 발행 잡지라 나도 월 2회 주기로 관심이 가는 전시회를 보러 간다. 매일이 페스티벌처럼 북적이는 도쿄에는 흥미로운 전시회가 차고 넘쳐서 전부 파악하기조차 힘들다. 전시 기간이 2~3개월은 되는 전시회를 놓치곤 하는 이유를 스스로도 이해하기 어렵지만, 기어서라도 가겠다는 각오가 없으면 게으름에 쉽게 무너지는 것 같다. 전시회란 라이브, 기회는 한 번뿐. 그러므로 기회를 놓친 충격은 두고두고 오래간다.

이런 내 심정을 말하면 미술관에 안 가는 사람은 대개 '그림이 재미있어?'하고 갸우뚱한다. 이상한 질문은 아닌 것이 듣고 보면 그림을 보면서 무슨 재미를 느끼는 것일까 싶다. 처음에는 예대 출신 특유의 허세 어린 호기심에서 시작된 것도 같은데 언젠가부터 습관이 되어서 왜 보고 싶은지 그 이유를 딱히 생각해 본 적이 없다. 새삼 자문해서 얻은 결론은 어쩌면 넓은 의미에서 물욕에 해당하는 게 아닌가 하는 것이다.

물론 미술관에 전시되는 작품은 파는 물건이 아니다. 하지만 옛날에는 그렇지 않았다. 시간이 지나면서 값을 매길 수 없는 가치가 생겨나 '보여 주는 것'만으로도 돈을 벌어들이는 위치로 승격한 것이다. 승격한 작품들이 한 곳에 모여 있으니 더욱 보고 싶어지는 것 아닐까. 그리고 감상하는 마음가짐으로 말하자면, 평소 쇼핑의 감각과 별반 다르지 않은 것 같다. 작품 앞에 멈춰 있는 시간이 긴 것은 망막에 새겨 가져가려는 시도이고, 뮤지엄 숍에서 파는 도감이나 엽서는 기억 재생 장치인 셈이다.

에비스의 '시스 쇼텐'シス書店이라는 갤러리에 갔을 때도 처음에는 미술관에 그림을 보러 가는 기분이었다. 그런데 작가와 타이틀이 적힌 라벨에 가격도 명기되어 있는 것을 보고 그래, 이건 살 수 있구나 싶었다. 그때 본 전시에서 가장 마음에 든 작품은 프라다 지갑보다는 비싸고 구찌 토트 백보다는 싼 정도였다. 엄두를 낼 수 없는 가격은 아니었군!

그리하여 생애 첫 미술품을 산 것이 작년 봄의 일이다. 동판화가 야마시타 요코山下揚子의 「별의 탄생」星の誕生은 소녀의 눈물을 보석으로 표현해 밤하늘에 별과 함께 빛나는 모습을 나타낸, 슬픔이 조금 어린 무척 아름다운 콜라주 작품이다. 사실은 이 작품을 본 순간 집에 장식할 생각만 한 것이 아니라 책 표지로도 쓰면 좋겠다는 생각도 했다. 집필하고 있는 소설과 느낌이 잘 맞는 것 같았다.

이 바람대로 「별의 탄생」을 표지로 삼아 단편집 『외로워지면 이름을 불러』さみしくなったら名前を呼んで를 출간하게 되었다. 겉표지에는 장정에 맞춰 변형해 넣었지만 겉표지를 벗기면 큼직하게 인쇄된 오리지널 작품을 볼 수 있다. 작품 원본은 구입한 사람이 독차지하게 되지만 책 표

지로 만드니 남들과 함께 볼 수 있어 좋다. 감상도 겸해 서점에 들른 독자들이 봐 준다면 더없이 기쁠 것 같다.

'도쿄의 모든 전시회에 다 갈 수는 없는 문제'는 여전히 심각해서 가고 싶었는데 가지 못한 전시가 상당히 많습니다. 월 2회 빈도로는 턱없이 부족해요. 그건 그렇고 미술품이 집에 있는 일상은 정말 훌륭합니다! 인쇄물이 아닌 원본을 방에 걸어 누고 매일 보는 것은 마음의 양식이 됩니다. 다큐멘터리 영화 「허브 앤드 도로시」Herb And Dorothy, 2008가 보여 주었듯 특별히 부자가 아닌 사람도 평범하게 미술품을 살 수 있다는 건 정말 멋진 일이 아닐 수 없어요.

작은 동물 코너

　　다양한 사람들의 의견이 화면 위에서 아래로 흘러가는 트위터. 뉴스에 대한 날카로운 지적이나 영화 정보, 웃긴 트윗 등 눈길이 가는 글은 저장해 두었다가 시간 날 때 다시 읽어 보기도 한다. 그런데 언젠가부터 저장함 대부분이 따스한 동물 영상으로 채워지고 있었다. 요즘 부쩍 지쳐 있어서 그런 걸까?

　　설마. 동물은 누구나 좋아한다. 귀여운 것들은 대개 동물이지 않은가. 얼마 전 '키티'가 고양이가 아니라고 보도되어 전 세계가 뒤집힌 이유도 키티는 고양이라서 귀여운 것이라는 고정관념이 작용해서가 아닐까.

　　동물을 모티브로 한 상품은 캐릭터 외에도 많다. 동물은 실제 모습이 가장 귀엽기 때문에 사실적으로 재현할 수 있는가가 관건이다. 정교한 동물 제품으로는 슐라이히 Schleich사의 동물 피규어가 가장 먼저 떠오른다. 유명해서 어느 잡화점에나 반드시 진열되어 있지만 한번 모으기 시작하면 정말 끝이 없는 부류다. 그리고 피규어에는 동물이고 코믹스 히어로고 에반게리온이고 할 것 없이 개성이 강해 실내 인테리어에 자연스럽게 어울리지 않는 문제가 있다. 집주인이 주장하는 취향에 그 집주인인 나조차 숨이 막힐 지경이 된다.

　　그래서 언젠가부터 한눈에 상품명이 파악되는 것

들은 옷장 깊숙이 넣어 두게 되었다. 그렇다고 동물들을 모조리 몰아내면 단조롭고 쓸쓸해진다. 그래서 중도를 택해 주장이 너무 강하지 않고 방에 진열해도 시공간을 일그러뜨리지 않는 귀여운 크기의 동물 인형을 조금씩 모으게 되었다.

사파리Safari Ltd.사의 굿럭 미니 시리즈는 길이가 약 2.5센티미터에 가격은 100엔 이하다. 우에노를 산책하다가 장난감 가게 야마시로야ヤマシロヤ 앞에서 판매 중인 것을 발견했는데 앙증맞은 모습에 반해 얼떨결에 미어캣과 양을 구입했다. 파리 여행 때 벼룩 시장에서 산 도자기 고양이도 거의 공짜였고 앤티크 양 인형은 공짜로 받았었다. 모두 신장 5센티미터 이하인 것이 중요하다. 왜냐면 우리 집의 작은 동물 코너는 화장실 창틀, 깊이는 약 10센티미터인 극소 공간이기 때문이다.

얼마 전 고향 도야마의 번화가인 소가와総曲輪의 민속 공예품 가게 '하야시 숍'에서 정신이 나갈 정도로 귀여운 말을 발견했다. 어느 나라 무슨 시대의 물건인지 모를 분위기를 풍기는데, 알고 보니 점주인 하야시라는 청년이 디자인한 십간십이지 시리즈 중에서 올해의 신작이라고 한다. 도야마현 다카오카시의 전통 구리 공예로 만들어져 값이 좀 나가겠거니 생각했는데 '복을 주는 말'(작은 것)이 3,240엔이어서 그나마 적당한 가격이었다. 말만 아니라 쥐와 소도 귀여웠지만 꾹 참았다. 올해는 말의 해니까 말만 사자….

지금까지 여러 동물 피규어를 사 봤지만 간지는 처

음이다. 그런데 가만 생각해 보니 간지는 그 개념부터가 무척이나 앙증맞다.

동물 코너는 이사한 집에서도 화장실 창틀을 벗어나지 않고 이어서 전시 중입니다. 컬렉션을 늘리려고 도자기 낙타를 장만해 보았지만 어쩐지 어울리지 않아 결국 스타팅 멤버인 다섯 마리 체제. 베스트 멤버에 집착한 나머지 새로운 멤버를 잘 받아들이지 못하는 아이돌 팬의 심경이랄까요. 여하튼 '하야시 숍'에는 지금도 이따금 다니고 있습니다.

현대인과 유니클로

요전에 라디오를 듣는데 '모두에게 공감받지는 못하지만 개인적으로 무서운 일'이라는 주제로 이런 청취자 사연이 나왔다. '근처에 새로운 편의점이 생긴다고 즐거워하는 부모님이 무섭다'고. 언뜻 듣고는 '엥?' 했지만, 말인즉 교외의 간선도로변에 커다란 간판을 단 체인점이 많은데, 그런 가게가 새롭게 생기는 것을 '바람직한 일'로서 어떤 의심도 없이 즐거워하는 부모님이나 친구들의 획일적이고 순진한 반응이 무섭다는 뜻이었다.

생각해 보면 신축점 오픈 전단지를 보면 '와, 이런 곳이 생기는구나' 하고 반사적으로 기대감을 품게 되지만, 이 흐름의 앞에 있는 것은 개인이 운영하는 느낌 있는 가게가 도태된 디스토피아적 거리 풍경이다. 그것을 재빠르게 '이상 현상'으로 받아들이고 '무섭다'고 말하는 청취자는 현대 사회 속 탄광의 카나리아 같은 존재인지도 모른다.

자, 유니클로Uniqlo로 말할 것 같으면 그런 거대 체인의 대표 격이다. 딱 후리스가 유행한 1998년부터 2000년 사이에 대학생이었던 나는 귀성할 때마다 자동차를 빌려 타고 교외의 대형 유니클로에 가 옷을 쓸어 담곤 했다. 그로부터 십수 년이 지나 유니클로는 일본 어디에나 있는, 속옷부터 아우터까지 인간이 입는 것은 무엇이든 파는, 인프라 수준의 존재가 되었다.

얼마 전 오랜만에 가 보니, 전설의 모델이자 파리지엔 환상의 정점에 선 사람인 이네스 드 라 프레상쥬Ines de La Fressange와의 콜라보 상품이 진열되어 있었다. '이렇게 좋은 것을 팔다니!' 하고 잠시 흥분했지만 결국 아무것도 사지 않았다. 유니클로의 옷은 살 때는 몹시 즐거우나 입을 때는 그다지 즐겁지 않으니까…. 그런 면에서 지난번에 산 실크 셔츠는 살 때는 전혀 즐겁지 않았는데(비쌌으니까) 입을 때는 매번 몹시 즐겁다.

　　하지만 그 실크 셔츠를 입는 데 문제가 발생했다. 소재가 너무 섬세해 속옷이 상당히 비치는 것이다. 이 문제를 해결하려면 그 수밖에 없다! 부리나케 유니클로에 가 내추럴 컬러 '에어리즘 브라 캐미솔'(1,896엔+세금)을 집어 들었다. 더불어 그 옆에 있던 '힙 라인을 아름답게 만들어 주는 이너', 즉 보정 속옷인 '바디 셰이퍼' 4부 쇼츠(990엔+세금)가 눈에 들어와 묻지도 따지지도 않고 구매를 결정했다. 후리스를 입던 스무 살로부터 시대가 한 바퀴 돌아, 지금은 오로지 몸의 토대를 만드는 데만 유니클로의 신세를 지고 있다.

　　매장에서 드넓게 펼쳐진 제품에 둘러싸일 때마다 그 라디오 청취자와 조금 비슷한 기분이 든다. 내가 유니클로를 입는 건지 아니면 유니클로에 입혀지고 있는 건지. 현대인에게 유니클로와 어떻게 공존할지는 의식주를 생각할 때 상당히 무게 있는 테마인 것이다.

영화 「길버트 그레이프」What's Eating Gilbert Grape는 교외에 생긴 거대 슈퍼마켓에 손님을 빼앗겨 망해 가는 동네 식료품점에서 일하는 주인공(조니 뎁Johnny Depp, 당시 30세)을 내세운 영화입니다. 아마 그 가게는 끝내 버티지 못하고 망했겠죠. 하지만 체인점은 매출이 안 나오는 지역을 싸늘하게 무시합니다. 인구가 줄어 이익을 낼 수 없게 된 거대 슈퍼마켓이 철수한다면 그 동네는 어떻게 되는 걸까? 무섭습니다.

'내년 다이어리' 문제

아직은 더워서 티셔츠 한 장으로 나는 시기, 매장 앞에 내년용 수첩이 진열되어 있는 것을 보고 '너무 이르지 않나?' 하고 놀란다면 아직 세상살이 경험이 부족한 것이라 하겠다. 여름이 끝나고부터 섣달까지 시간의 흐름은 무서울 정도로 빨라서 조만간 사야겠다고 여유를 부리다 보면 깜빡할 새에 새해가 밝아 오기 마련이다. 그러므로 매대에 수첩을 진열하는 시점으로선 결코 빠른 것이 아니다.

실은 몇 달 전부터 어느 브랜드의 '내년 수첩'을 구입할지 숙고하고 있었다. 기왕이면 정점부터 공략하자는 심산으로 에르메스Hermès를 슬쩍 살펴보니 가죽 커버 중에 가장 저렴한 것이 4만 엔 이상인 데다가 속지 리필도 1만 엔이 넘는, 수첩치고는 어마어마한 가격대가 형성되어 있었다. 영국 왕실에서 사용한다는 스마이슨Smythson도 비슷한 고액대여서 그만 풀이 죽었다. 올해도 얌전히 보통 수첩을 사야지. 보통 수첩이란 로프트Loft나 도큐 핸즈Tokyu Hands에서 간단히 살 수 있는 몰스킨Moleskine, 호보니치 테초Hobonichi Techo, 다카하시쇼텐高橋書店 수첩 등의 상품을 말한다.

9월의 어느 날, 긴자에 갔다가 시간이 남아 이토야Itoya에 가 보았다. 도쿄에 오기 전에는 잘 몰랐지만 긴자의 이토야로 말할 것 같으면 오랜 전통을 지닌 문구류의 백화

점과 같은 존재랄 수 있다. 빨간 대형 클립 간판으로 유명한 긴자도리銀座通リ 본점이 재건축 공사 중이어서(2015년 6월 리뉴얼 오픈) 바로 앞에 마련된 임시 매장에 갔다. 임시 매장이라 다소 협소하고 수첩 종류도 그렇게 많지 않았지만 계속 따지고 고민하다 살 기회를 놓치면 계획이 어그러지고, 이렇게 넋 놓고 있다가는 어느새 해가 지날지도 모른다는 생각에 작정하고 이곳에 있는 상품 중에 가장 나은 것을 고르기로 했다.

첫 번째로 눈에 들어온 것은 쿼 바디스Quo Vadis의 코너였다. 쿼 바디스는 세로 시간 축 레이아웃으로 유명한 프랑스의 다이어리 브랜드다. 쓰기 편한 것은 확실하지만 포맷의 종류가 지나치게 다양하다 보니 선택이 힘들어 사본 적이 없었다. 하지만 그날의 나는 기적적으로 체력이 남아 있었고 이것저것 비교해 보니 '하바나 스무스'HABANA Smooth라는 시리즈가 딱 알맞아 보였다. 리필 종이는 눈에 편안한 아이보리 색상이고 좌측에는 주중, 우측엔 주말의 일정을 적을 수 있으며 칸이 큼직했다. 16센티미터 정도의 정방형이라 가지고 다니기 좋고 고무 밴드로 고정할 수 있는 점도 편리하다. 가격도 3,024엔으로 매우 상식적이다. 다섯 가지 색상 중에서 신중한 고민 끝에 브라운을 골랐다. 이러저러해 결국은 '내년 수첩'에 도달하게 되었다.

미리 준비한 것은 좋은데, 새 수첩이 쓰고 싶어서 괜스레 자꾸만 수첩을 들추게 된다. 대개 다이어리 시작은 전년도 연말이긴 하지만 언제부터 새 수첩으로 넘어가야 할지 타이밍이 고민이다. 새해 첫날부터? 아니면 12월부터 부정 출발해 버릴까? 무엇보다 새 수첩을 장만하면 쓰던 올해의 수첩에 대한 애착이 옅어지는 것이 난처하다. 이 또한 고민스러운 '내년 수첩' 문제의 하나다.

다이어리에 그려진 일러스트를 보고 처음에는 정확한 의미를 몰라서 '왜 자동차일까?' 하고 갸웃거렸는데, 한참을 생각하다 겨우 알아차렸습니다. 이 자동차는 들로리안Delorean〔영화 「백 투 더 퓨처」Back to the Future에 등장하는 타임머신 자동차〕이었습니다. 2015년은 「백 투 더 퓨처 2」에서 마이클 제이 폭스Michael J. Fox가 미래에 도착한 해. 영화가 그린 미래의 모습을 현실과 비교해 보거나 기념일인 10월 21일에 맞춰 호버 보드를 개발하는 등 전 세계는 한바탕 축제를 치렀습니다.

4K TV라는 폭주

계속 입 다물고 있었는데 실은 이번 여름 말도 안되는 것을 샀다. 뭘 샀냐고? 25만 엔이 넘는 50인치 4K TV! 올해 쇼핑 지출액의 단독 선두다.

여기서 잠깐 나의 TV 역사를 돌아보자. 혼자 살기 시작한 열여덟 무렵 부모님이 사 주신 비디오 일체형 TV와 함께 오사카에서 대학 생활을 시작했다. 이후 교토로 이사하며 브라운관 TV+DVD 데크를 사 교체했고 도쿄로 이사한 2005년에 32인치 샤프SHARP 액정 TV 가메야마 모델亀山モデル과 HDD 레코더를 구입해 단번에 근대화를 이뤘다. 가메야마 모델과 HDD 레코더는 나와 오랜 밀월을 이어 가게 된다.

그러나 인간의 욕망에는 끝이 없지 않은가. 요 몇 년 들어 그토록 사랑하던 가메야마도 어딘가 아쉽게 느껴졌다. 처음 집에 들였을 때는 혁명적이었던 그 크기에도 적응해 버린 탓인지 박력이 사라져 집에서 영화를 볼 기분이 나지 않기 시작했다. 내 최고의 낙은 영화 관람이므로… 결국 가메야마와 헤어질 날이 온 것인지도 모른다. 그럼에도 진실을 외면하며 인연을 이어 갔다. 무엇보다 가메야마의 액정은 수명이 길다. 내구성이 우수한 건 좋지만 망가지지 않으면 교체할 때를 정하기도 난감하다.

내가 TV를 고를 때의 조건은 단 하나, 표면이 번질

거리지 않아야 한다. 번질거리는 표면은 눈이 아프다. 그리고 사이즈는 클수록 좋다. 그렇게 모호한 기준만 갖고서 매장에 갔는데 30분 뒤 나는 화제의 최신형 4K TV를 결제하고 있었다. 매장에서 4K TV로 본 라르크 앙 시엘L'Arc-en-Ciel〔일본의 유명 록 밴드〕 라이브 영상이 너무나 깨끗했기에 그만.

4K란 풀 하이비전을 4배 이상 고화질화한 것이란다. 참 대단하게 들리고 실제로도 엄청나게 깨끗한 화면임에 틀림없지만 4K TV에는 큰 결점이 하나 있었다. 그것은 아직 4K가 시험 방송 단계라는 점이었다. 4K TV로 4K 방송을 보지 못한다는 것이다. … 뭐?

그 의미를 이해하기까지 다소 시간이 걸렸다. 예를 들자면 굉장한 투구(4K 방송)를 받을 수 있는 천재 캐처(4K TV)가 존재하지만 누구도 그런 굉장한 공을 던지지 못하고 있는 상황인 것이다. 참으로 앞뒤가 안 맞는 이야기다. 아마도 모든 TV 매장에서 라르크 앙 시엘의 라이브 영상을 틀지 않을까 싶은데 그것이 희귀한 4K 콘텐츠기 때문이다. 그 외에는 자연 풍경밖에 없으니까.

오늘날의 TV는 인간의 눈으로는 인식할 수 없을 정도의 아름다움을 표현할 수 있게 되었다고 한다. 글쎄 뭐가 뭔지 모르겠다! 내가 할 수 있는 일은 그저 이 TV의 잠재력을 온전히 발휘할 수 있는 4K 방송이 시작되기를 숨죽여 기다리는 것이다.

이 글을 쓰고 있는 지금도 아직 4K TV로 4K 방송을 본 적이 없습니다. 그나마 가장 4K에 가까웠던 것이 일본 영화 전문 채널에서 방송된 이치카와 곤市川崑 감독의 「도쿄 올림픽」東京オリンピック 4K 디지털 복각판이었습니다. 하지만 그마저도 "2K 다운 컨버트한 방송"이었고 정확히는 4K가 아니었다고 합니다. 4K여, 어서 진가를 발휘해 주기를!

패션 자아 찾기

길을 걷다 보면 종종 이십대가 할 법한 갸루 복장을 한 사십대로 보이는 여성과 만나게 된다. 무슨 옷을 입을지는 본인의 자유지만 화학 섬유의 얇은 재질과 더 이상 젊지 않은 피부결의 상성이 그리 좋지 않은 것은 사실이다. 하야시 마리코林眞理子 선생님의 명언 "대미지 가공된 청바지는 얼굴에 대미지가 있는 사람이 입으면 안 됩니다"에 동의하지 않을 도리가 없다. 멋 내기는 나이를 고려해 가며 하는 게 기본이다.

하지만 젊은이 대상의 갸루 복장을 입은 사십대 여성의 심정도 모르는 바는 아니다. 별생각 없이 가게 입구에 진열된 것을 사 입다 보니 그렇게 된 것 아닐까. 이렇게 말하는 나 자신도 최근 몇 년째 패션 자아 찾기를 계속하고 있다. 이십대 때 마음에 들었던 옷들이 죄다 어울리지 않게 되었기 때문인데, 나이대에 어울리는 질 좋고 제법 값이 나가는 옷을 사다 보니 누가 봐도 보수적으로 옷을 입는 사람이 된 것 같아 기분이 좋지 않다. 나이에 너무 맞추다 보니 정작 무슨 옷을 좋아하는지가 모호해졌다.

노란 표지로 유명한 『칩 시크』チープ・シック(2,200엔+세금)는 1977년에 간행된 이래 중쇄를 거듭하고 있는 스테디셀러다. 부제가 말해 주듯 "돈 들이지 않고 시크하게 옷 입는 법"을 알려 주는 패션 책의 고전이랄 수 있다. 몇

년 전에 사서 사진만 훑어보고 제쳐 두었다가 얼마 전에 문득 생각이 나서 펼쳐 보고는 깜짝 놀랐다. 내가 원하던 팁이 전부 담겨 있었던 것이다.

"조화롭지 않은 여러 가지 옷을 잔뜩 쟁여 두지 말자", "입으면 기분이 좋아지는 옷을 차근차근 갖추어 자기 스타일의 기본으로 삼자", "당신의 복장은 당신이 고른 자기 삶의 방식과 딱 맞는 것이어야 한다" 등, 첫 페이지부터 패션 미아의 마음을 흔드는 문구로 가득했다! 유명과 무명을 가리지 않고 '스타일 좋은 사람'을 소개하고 있는데, 그들 대부분이 패션에 지나친 에너지를 쓰는 것은 무익하다고 생각하는 점이 흥미로웠다. 그러고 보니 세련된 지인 대부분이 '별로 옷을 사지 않는다'고 말하곤 했다.

외출을 하면 무심결에 쇼핑으로 이어지는데 여기에 그럴듯한 '수확'조차 없으면 괜히 시간을 허비한 기분이 든다. 이것은 솔직히 상당히 심각한 쇼핑 의존증이 아닐까? 생각해 보면 중학교 때부터 친구들과 '놀러 간다'는 '쇼핑'과 동의어였다. 그토록 쇼핑을 많이 했는데 왜 아직도 자기 스타일을 찾지 못한 걸까? 패션 잡지는 또 어떻고. 초등학교 때부터 그렇게 많이 읽었는데 여태 세련미를 갖추지 못한 것은 어째서일까?

얼마 전 옷장을 점검하며 처분하는 게 나을 구두와 옷을 모아 보았더니 종이봉투로 세 봉투가 나왔다. 일단 이것을 중고매장에 가져가는 것이 나의 패션 자아 찾기 첫걸음이다.

삼십대의 어느 날 "그 옷 이제 안 어울려"라는 사형 선고와도 같은 직언을 했던 사람은 지금의 남편입니다. 처음엔 밉살스럽게만 느껴졌던 남편(동갑내기)의 지적이었지만, 덕분에 나이에 맞게 입어야겠다고 신경을 쓸 수 있게 된 점은 나름 장점입니다. 그러던 어느 날, 문득 본 남편 옷차림이 이상했습니다. 저는 한껏 모질게 말했습니다. "그 옷 진짜 안 어울려." 예전에 제가 그랬던 것처럼 울컥하는 남편의 모습을 보고 역시 나이를 솔직하게 받아들이기란 어려운 것이구나 싶었습니다.

사이즈 고르기 실패담

패션 자아 찾기를 취미로 삼아 보려고 다양한 정보를 수집하고 있는 요즘, 앞서 소개한 『칩 시크』와 비견될 패션 책 『BASIC MAGIC FASHION BOOK』(952엔+세금)에는 "기본 중의 기본 아이템을 잘 소화하기"가 "스타일리시의 첫걸음"이라고 쓰여 있다. 트렌치코트 등 열 가지 기본 아이템을 중심으로 멋 내기 요령을 소개하는데 그중 첫 페이지를 장식한 것은 흰 셔츠도 청바지도 아닌 네이비 블레이저였다.

남색 블레이저라. 한 벌 가지고는 있지만 너무 꼭 맞아 받쳐 입기가 힘들고 지나치게 보수적으로 보여서 거의 등판 기회 없이 옷장 속에서 만년 벤치 멤버 신세다. 시착했을 때는 이 사이즈가 딱 좋겠다 싶었는데 말이다.

야마자키 마도카山崎まどか 씨의 『자기 정리술』「自分」整理術에는 남색 블레이저 마니아인 여성이 '궁극의 남색 블레이저'로 브룩스 브라더스Brooks Brothers의 보이즈 사이즈(38,000엔)를 꼽는 대목이 있다. 보이즈 사이즈라니, 그런 수가 있었구나! 확실히 남성복 쪽이 고급스럽고 클래식한 멋이 있긴 하지만 사이즈가 너무 커서 입으면 꼭 아빠 양복을 걸친 것처럼 보인다. 하지만 보이즈 사이즈라면 여성도 충분히 입을 수 있다.

얼마 전 아오야마 근처에서 약속이 있어 외출한 김

에 브룩스 브라더스 본점에 들러 보았다. 책에서 본 남색 재킷을 입어 보니 확실히 근사한 실루엣이었다. '만년 벤치 멤버 같은 남색 블레이저'가 딱 맞는 사이즈였으니 이번에는 안에 옷을 껴입어도 낙낙하게 라지 사이즈를 구입했다.

그런데 돌아오는 길 지하철에서 슬슬 근심이 피어 오르기 시작했다. '혹시 너무 오버 사이즈 아닐까?' 걱정하며 집에 돌아와 입어 보니 어쩐지 어깨가 큰 것 같았다. 헉? 다시 『BASIC MAGIC FASHION BOOK』을 들춰 보니, 블레이저를 고를 때 어깨는 "정 위치에서 조금 안쪽으로 들어간 위치가 좋다"고 적혀 있는 것이 아닌가. 으악, 큰일 났다! 심지어 친절하게 "어깨는 고치기 힘드니 신중히 고릅시다"라는 주의 사항까지 똑똑히 적혀 있었다. 서글픔은 두 배가 되었다.

서러운 김에 덧붙이자면 스스로도 사이즈 고르기에 재능이 없다는 사실은 잘 알고 있다. 실패담이 너무 많아 셀 수 없을 지경이다. 어릴 적 구두를 사러 갔을 때 엄마가 앞코를 누르며 "크지 않아?" 묻는데 선뜻 대답하지 못한 순간부터 그 재능 없음의 싹이 튼 것 아닐까 싶다.

그런 연유로 패션 자아 찾기의 당면 목표는 '스타일리시'에서 '맞는 사이즈를 고를 수 있게 되기'로 하향 조정되었다.

아무리 신중하게 사이즈를 골라도 작년에 산 옷을 올해 입지
않게 되는 일은 반드시 일어납니다. 기분 탓도 있고 질려서기
도 하지만 스커트 길이의 아주 작은 차이나 실루엣의 작은 변
화 하나로 절묘하게 촌스러운 느낌이 들곤 하지요. 트렌드를
무시하고 입고 싶은 스타일을 입을 정도의 확고한 취향도 딱
히 없어서 유행에 휘둘리는 것이 고민입니다. 조금 더 연구해
봐야죠.

참회: 쇼핑법을 반성하다

굽은 등, 움푹 들어간 견갑골, 거북목, 불룩 나온 배. 이 모든 증상의 원인은 골반이 틀어져서라고 한다. 그리고 내 몸은 그 모두에 해당한다. 몇 달 전 갑자기 골반 교정을 해야겠다는 생각이 들어 병원에 갔는데, 똑바로 선 자세를 보자더니 아니나 다를까 "틀어졌네요"라는 진단.

"역시 그렇군요…."

아는 사람 눈에는 내 골반이 틀어진 것이 한눈에 보이는 듯하다. 나 스스로도 틀어져 있다는 느낌을 상당히 받는다. 일단 책상에 오래 앉아 있으면 골반 저근이라는 하체 근육이 약해지기 쉽다고 한다. 그 이야기를 듣자마자 곧장 아마존에서 '골반 교정 쿠션'을 구입해 3개월 정도 애용했지만 딱히 체형에 변화는 없었다. 그러던 중에 심야 홈쇼핑에서 이 상품과 만나게 됐다.

대만의 미용 교정사 장張 선생님이 감수했다는 '글래머러스 에어'グラマラスエア―는 허리에 장착하는 벨트가 혈압계처럼 압력을 가해 바디 라인을 다잡아 주는 구조이다. 이 기구의 강력한 힘에 저절로 '허윽!' 하고 절규하는 연예인들의 모습을 보고서 구매 의욕이 샘솟았다. 2만 엔이나 했지만 집에 틀어박혀 일만 하는 내게 꼭 필요한 물건이니만큼 즉시 구입을 결정했다. 단 주문은 바로 전화로 한게 아니라 늘 그렇듯 아마존에서. 가격은 더 비싸도 원 클릭으로 살 수 있으니까.

　　이런 일은 또 있다. 어느 날 우연히 줄곧 갖고 싶었던 존스톤스 오브 엘긴Johnstons of Elgin의 캐시미어 스톨을 발견했다. 고급 캐시미어 특유의 광택, 부드러운 감촉과 질감을 확인하고서 살짝 어깨에 둘러 크기까지 맞춰 봤다. 역시 완벽하다. 가격은 어지간한 코트 이상이지만 10년은 쓸 수 있을 것 같다.

　　그렇게 구입을 결심하고도 그 자리에서 지갑을 꺼내지는 않았다. 당연하다는 듯 집에 돌아와 아마존으로 검색을 한 것이다. 정규 수입품에 비해 아마존에 있는 병행 수입품은 만 단위나 쌌다. 이야, 어쩔 수 없이 싼 쪽을 고르게 되네. 친절하게 접객해 준 점원 분에게는 정말 죄송한 일이지만.

　　나는 이 초대형 온라인 쇼핑몰 아마존을 2003년부터 이용하기 시작했다. 처음에는 그저 인터넷으로 물건을 살 수 있어 즐거웠지만 금세 아마존 중독 비슷한 상태가 된 것을 자각하고는 최근 몇 년간은 가급적 오프라인 매장을 이용하려고 노력하고 있다. 이러다간 동네 상점들이 차례로 망할 것만 같았다. 조금이라도 싸게 사는 편이 현명한 쇼핑이라고 여기기 쉽지만, 한편으로는 조금 교활한 면이 있지 않나 생각하게 되었다. 그럼에도 편리함과 싼 가격을 코앞에 두고 저항할 수 없는 때가 종종 있다. 그리고 실제로 아마존에서 내 책을 팔아 주기도 하니 마냥 외면할 수만도 없고 말이다. 온라인 쇼핑과 오프라인 쇼핑이 균형 있게 공존하기를 바란다.

아다치구 공식 홈페이지에 실린 기타노 마사루北野大(화학자이자 연예계에서 다방면으로 유명한 기타노 다케시北野武의 형) 씨 인터뷰가 인상적이었습니다. "가난한 시절에는 그저 싼 것만 찾았지만, 그보다 중요한 것은 이웃과의 사귐입니다. 조금 비싸더라도 지역에서 구입해 좋은 관계를 만듭시다.(중략) 최근에는 저렴한 가격을 내세운 대형 점포를 많이들 이용하니 그럴 일이 줄어들지요. 경제 원칙에 반할지도 모르지만 지역 소비는 지역 활성화로도 이어집니다." 고개가 절로 끄덕여집니다.

진정한 어른의 소비

　　'어른의 소비'大人買い는 식품 완구 붐이 뜨거웠던 2000년 전후에 생겨난 신조어다. 인터넷 일본어 속어 사전에는 "유소년기에 불가능했던 구입(컬렉션)에 대한 꿈을 어른이 되어 경제력이 생긴 후 이루는 소비 방식"이라고 해설되어 있다. 빅쿠리맨ビックリマン*을 상자째로 사는 성인 남성이나 만화 전권 세트를 구매하는 내 모습이 떠오르는데, 정작 전권 세트를 천천히 읽을 시간이 없다는 안타까움과 함께 어른의 소비에 묻어나는 잃어버린 어린 시절에 대한 후회를 느낄 수 있다. 유소년기에 이루지 못한 것을 어른이 되어 돈으로 메우려고 한들 어쩐지 허무하다. 당장 물욕은 채워져도 이게 아니라는 느낌이 남는다.

　　요즘은 아무튼 집안을 깔끔하게 유지하고 싶어서 물건을 쟁여 두는 것 자체가 꺼려진다. 여차하면 스너프킨(토베 얀손이 창작한 무민 시리즈에 등장하는 방랑자 캐릭터)처럼 봇짐 하나 메고 어디든 갈 수 있는 상태를 지향하고 싶다. 그러나 그런 것치고는 지출이 줄기는커녕 오히려 늘고 있다. 현재 패션 자아 찾기 1단계 상태라 어른이 갖추어야 할 기본 옷장 아이템 모으기에 열중이어서 지출 단가가 높기 때문이다. 앞에서 언급한 존스톤스 캐시미어 스

---

　　*　　일본 롯데의 초콜릿 과자로 스티커가 들어 있다.

톨도 거의 4만 엔쯤 한다. 이것을 10년 쓴다고 치면 1년에 4,000엔 지출인 셈이고 그렇게 계산하면 나쁘지 않은 가격이란 생각도 들지만….

좋은 건 분명해도 구매까지는 각오가 필요한 물건을 앞에 뒀을 때 등을 밀어 준 것은 두 살 많은 새언니의 말이었다. 네 살과 한 살짜리 두 아이의 육아에 허덕이고 있는, 내가 아는 한 세상에서 가장 바쁜 사람인 새언니 시노부. 얼마 전 만났을 때 독신 시절에 해 두면 좋았을 일에 대한 이야기를 나누게 되었다. 해외여행이냐니까 고개를 저으며 그녀는 이렇게 말했다. "좀 더 오래 가는 옷을 사 둘 걸 그랬어. 조금 아끼려다가 나중에 오히려 지출이 늘어나는 거 있지." 오! 역시 돈을 조금 더 자유롭게 쓸 수 있는 독신 시절에 값은 조금 나가도 오래 입을 수 있는 질 좋은 옷이나 구두를 사 두는 것이 중요한 것이다!

이렇게 앞을 내다보고 오래 쓸 수 있는 것을 사는 것도 어른의 소비가 아닐까 생각한다. 그리고 한 단계 높은 어른의 소비란 아무래도 관혼상제를 위한 쇼핑일 것이다. 취향에도 안 맞고 갖고 싶은 스타일이 아니어도 자리에 맞는 복장을 갖추기 위한 쇼핑을 하는 것, 이것이 진정한 어른의 소비다.

얼마 전 사찰에 갈 일이 생겼는데 입을 옷이 마땅치 않아 바니스 뉴욕Barneys New York에 가서 검은 울 원피스와 이니셜이 수놓아진 흰색 손수건을 샀다. 전부 34,560엔이 들었다. 존스톤스 스톨을 살 때가 아니었다. 진정한 어른의 소비란 이런 때를 위한 것이다.

제대로 된 옷, 어느 자리에서도 부끄럽지 않을 옷을 갖추어 두는 것이 진정한 어른의 조건일지도 모른다. 이제 와서 한가롭게 자아 찾기를 할 때가 아니었다. 돈을 아껴 장례식에 하고 갈 진주 목걸이를 사야지. 솔직히 별로 갖고 싶진 않지만.

삼십대에 접어들면서 쇼핑의 테마가 값은 나도 좋은 물건을 조금씩 모아 나가는 것으로 옮겨 왔는데, 이는 이대로 즐거운 일입니다. 관혼상제 등에 필요한 아이템을 사는 건 별로 즐겁지 않지만 이런 것들도 두루 제대로 갖춰야 어른이라 하는 것이겠지요. 큰맘 먹고 할부로 진주 목걸이를 사려 했는데 연재를 읽은 엄마로부터 급히 연락이 왔습니다. 딸에게 물려줄 진주 목걸이가 웬일로 우리 집에도 있었다네요. 엄마, 부끄럽게 해서 미안해요!

마이 퍼스트 아울렛

가루이자와 하면 오니오시다시엔鬼押出し園!* 초등학교 시절 가족 여행으로 다녀온 이래 내게는 이렇게 각인되어 있었다. 그런데 1998년 동계 올림픽 개최 후 신칸센이 개통되자 가루이자와는 완전히 '쇼핑 관광지'가 되었다. 역에 도착하면 창문 너머로 아울렛이 가장 먼저 눈에 들어와서 아무튼 일단 들르고 싶어진다.

TV에서 아울렛 광고가 계속 흘러나오고 새롭게 생긴 아울렛이 얼마나 대단한지 소개하는 방송도 종종 볼 수 있다. 그런데 생각해 보니 나는 지금껏 한 번도 아울렛에 가 본 적이 없었다. 별다른 이유가 있는 것은 아니고 그저 피곤할 것 같아서 내키지 않았다. 아울렛 영상만 봐도 종아리가 붓는 기분이다. 그리고 평소 세일에서도 좋은 물건을 건질 줄 모르는데 아울렛이라고 만족스러운 쇼핑을 할 수 있을 것 같지도 않았다. 또 무엇보다 아울렛은 멀다. 내게는 아울렛까지 갈 이동 수단이 없다. 장롱 면허인 데다가 내 기준으로 전철로 갈 수 없는 장소는 '이 세상에 존재하지 않는 곳'이나 마찬가지다.

하지만 이는 당연히 도쿄 이야기고 고향에서는 누

---

* 가루이자와는 나가노현에 위치해 있으며 고도가 높아 피서지로 유명하다. 오니오시다시엔은 가루이자와 인근의 화산 공원이다.

구나 '차가 없으면 아무 데도 못 간다'고 생각한다. 그리고 그보다 '일단 갈 곳이 없다'는 것이 예나 지금이나 시골 마을의 취약점 중 하나다. 그나마도 최근에는 이처럼 도심에서 떨어진 대형 매장이 수요를 독점한 듯하다. 나는 마침 그 흐름에 역류하듯 도회지로 나가 버렸기 때문에 완전히 뒤처진 감이 있다.

그건 그렇고 생애 첫 아울렛 체험은 상상 이상으로 '소비의 늪'이었다. 온갖 고객층을 대상으로 한 브랜드가 즐비하니 자연스럽게 빨려들어 한껏 흥분한 채 기필코 뭐라도 사겠다며 머리에 피가 오른다. 동선을 최적화해 스마트한 쇼핑을 한 후 귀가할 셈이었지만, 정신을 차려 보니 이 끝에서 저 끝까지 모든 매장을 섭렵하며 멋지게 등정에 성공한 상태였다. 그리고 피로가 밀려왔다. 단연 올해 최고치였다.

브랜드 매장에 남성복과 여성복이 한꺼번에 진열되어 있는 것이 아울렛의 장점이다. 마음에 드는 옷이라면 남성복도 가볍게 걸쳐 볼 수 있다. 마가렛 호웰Margaret Howell의 울 코튼 혼방 스웨트 셔츠는 여성복에도 같은 소재가 있었지만 남성용으로 구입했다. 할인이 들어갔다고 해도 뛸 듯이 기쁠 정도로 싸지는 않았다. 그리고 론 허먼에서 티셔츠와 양말을 샀다. 이 둘은 정가여서 아울렛에서 사는 의미가 없었다! 이래저래 '득도 실도 없는' 쇼핑이었던 셈이다.

그러나 역시 아울렛은 피곤하다. 푸드 코트에서 테이블에 엎드려 뻗은 사람이 여럿 눈에 띄었다. 그래도 항상

차를 타고 다니게 되는 지방 사람 입장에서는 아울렛 같은 곳을 걸어 다니면 썩 괜찮은 운동이 될 것 같다.

싸게 구한 물건을 오래 쓰는 사람과 그렇지 않은 사람으로 나눈다면 저는 후자입니다. 싸게 얻은 물건에는 애착이 빨리 떨어지는 편입니다. 상응하는 값을 치러야 소중하게 다루는 타입이랄까요. 아울렛에서 산 스웨트 셔츠와 티셔츠를 지금까지 소중히 여기며 입고 있는 것도 거의 정가로 샀기 때문인 것 같아요. 그럼 아울렛에 가는 의미가 없는데도요. 그런 이유로 아울렛 체험은 이 한 번에 그쳤습니다.

매년 생일마다 빠지지 않고 선물을 보내 주는 친구가 둘 있다. 둘 다 지방에 살아서 택배로 보내 주는데, 이렇게 받은 선물들을 연대순으로 늘어놓으면 나만의 작은 역사가 될 것 같다. 그때그때의 내 취향에 맞춰 골라 준 선물이기에 취향의 변천사가 일목요연하다.

두 친구 중 한 명은 교토에서 작은 가게를 하고 있어서 항상 귀여운 잡화를 골라 주는데 최근 몇 년은 무민 굿즈 위주였다. 내가 2014년 출간된 고단샤분코講談社文庫판『무민 동화 한정 커버 전 9권 세트』ムーミン童話限定カバー版全９巻ＢＯＸセット(4,867엔+세금)를 살 정도로 무민 팬이기 때문이다(아직 한 쪽도 펼쳐 보지 않았지만). 올해는 색감이 화려하고 크기도 큰 근사한 미무라〔무민 시리즈의 등장 인물〕도자기 저금통을 선물로 받았는데, 500엔용 저금통으로 쓰겠다고 책장 위에 올려 두었으나 일단은 북엔드로 활용 중이다.

또 한 명의 친구는 아로마 세러피스트라서 미용 전문가라 할 수 있다. 요즘 잡지 등에 내 '얼굴'이 나가는 일이 있곤 한데, 그것을 보고는 몹시 걱정하고 있다. 아무래도 조금이라도 나이 먹은 티가 나면 금세 SNS에서 '삭았다'는 소리가 나오는 비정한 세상이니까 하는 말이리라. 특히 나는 두상이 동그랗고 동안이어서 좀 별나게 나이 들 것 같다. 오토모 가쓰히로大友克洋의 만화 『AKIRA』에는 머리를 양 갈래로 땋고 네글리제를 입은, 얼굴에 주름이 가득해서 아이인지 노파인지 알 수 없는 기요코라는 캐릭터가 나오는데 그렇게 될 것 같아 무섭다. 기요코화를 막기 위해서라도 평소 관리가 중요하다며 올해의 선물은 스킨 케어, 그것도 고급 유기농 제품에 집중했다.

시게타Shigeta의 미드나잇 래스터ミッドナイトラスター는 두피 마사지 오일이다. 마사지 방법을 손 그림으로 친절하게 설명한 해설서까지 동봉되어 있었다. 두피와 피부는 한 장의 가죽으로 이어져 있기 때문에 얼굴 리프트 업을 위해서는 두피 마사지를 빼놓을 수 없다고 한다. 다만 고양이에게 아로마 오일은 엄금이다. 아로마에는 고양이의 간이 분해할 수 없는 성분이 들어 있기 때문이다. 치치모를 위해 "반드시 환풍기를 켜고 욕조 안에서 쓰기"라는 주의 문구를 적어 두었다.

그리고 정평이 난 닐스 야드Neal's Yard의 프랑킨센스 인텐스 크림. 드라마 「셜록」Sherlock으로 폭발적 인기를 얻은 배우 베네딕트 컴버배치Benedict Cumberbatch도 애용한다고 소문이 난 고급 크림인 데다 프랑킨센스는 안티에이징에 뛰어난 효과를 자랑하는 정유精油라고.

그 고급 크림을 얼굴에 듬뿍 바르고 잔 다음 날, 눈을 떠 보니 얼굴 바로 앞에서 치치모가 쿨쿨 자고 있었다. 밤중에 이불 속으로 숨어든 것 같다. 이렇게 가까이서 프랑킨센스 향을 맡아도 괜찮을까? 심장이 떨렸다. 아로마 세러피도 하고야 싶지만 그보다 고양이가 중요하다. 고양이

의 건강과 안티에이징을 어떻게 양립시킬 것인지가 당장
해결해야 할 과제다.

아로마는 치치모에게 유해하므로 방에서는 사용 금지입니다.
하지만 좋은 향기를 맡으며 재충전을 하고 싶기도 해요. 그럴
때는 치치모의 냄새를 맡습니다. 갓 태어난 아기 냄새가 나는
배, 보송보송 잘 마른 빨래 냄새가 나는 등, 형언할 수 없이 심
한 생선 비린내가 나는 입…. 구석구석에서 다양한 냄새가 나
지만 가장 아로마에 가까운 향기가 나는 곳은 뭐니 뭐니 해도
엉덩이! 고양이 엉덩이에서 나오는 페로몬 냄새를 킁킁 맡다
보면 쌓였던 스트레스가 날아갑니다. 진짜로요.

크리스티앙 루부탱!

2004년 드라마 「섹스 앤 더 시티」Sex and the City 최종화가 방영되었다. 방송은 끝나도 DVD는 남는다! 아니, 오히려 드라마는 DVD 반복 시청부터가 진짜다. 「섹스 앤 더 시티」를 몇 년이나 반복해서 봤는데 2년 전에 겨우 주인공들의 시즌 1 나이에 도달했다. 그리고 얼마 전 내 안에서 시즌 3이 시작되었다. 서른네 살이 된 것이다.

싱글 라이프를 추구하는 캐리와 친구들의 세계에서 빠져나와 이번 생일에는 혼인 신고까지 해 버렸다. 뭐라도 기념이 될 것을 사야 할 상황인데… 하고 생각은 했지만 떠오르는 것이 없었다. 생각해 보면 올해 산 것이 많다. 구찌 가방을 샀고 그림도 샀다. 4K TV도 샀다. 지름이 과했다. 어릴 땐 생일이나 크리스마스에만 갖고 싶은 것을 사주니까 선물을 받는 게 축제와도 같았다. 하지만 지금은 내 돈으로 마음대로 쇼핑을 할 수 있어 오히려 경사스러운 날에 원하는 것이 없어진 듯하다.

그렇게 딱히 뭘 하지 않아도 되려나 싶던 차에 어쩌다 보니 이세탄 님의 구두 판매 코너로 흘러들게 되었는데(지금도 왜 갔던 건지 기억이 나지 않는다) 그때 내 안에 숨어 있던 캐리가 갑자기 '꺅!' 하고 비명을 질렀다. 뭐야, 캐리 어떻게 된 거야!? 하고 돌아보니 크리스티앙 루부탱Christian Louboutin 코너가 있는 것 아닌가. 빨간 밑창이 특징인 루부탱은 마놀로 블라닉Manolo Blahnik, 지미 추 Jimmy Choo와 함께 캐리가 가장 사랑하는 브랜드다.

하지만 이게 무지하게 비싸다. 특별할 것 없어 보이는 페이턴트 펌프스가 세전 가격 78,000엔이다. 고로 살 생각은 접고 '이게 루부탱이구나!' 하는 기분으로 둘러보았다. 흥이 오른 김에 시착해 보니 7센티미터 힐이라면 신을 수 있을 것 같았다(그 이상이면 높아서 걸을 수가 없을 듯했다). 점원에게 듣기로는 맨발로 신을 것을 생각하면 반 사이즈 올려 신는 것이 적당할 거라 했다. 무지외반증이 있어 힐을 신는 것은 고행일 뿐이지만 이거라면 안정적으로 잘 걸어 다닐 수 있을 것 같다. 품질은 말할 것도 없고 수선도 해 준다니 오래 신을 수 있을 것 같았다.

그러곤 생각했다. 이렇게 시간을 들여 진중하게 신어 보고 가장 나은 한 켤레를 골라 냈는데 지금이 아니면 언제 산단 말인가. 생일 & 혼인 신고 기념이 아니고서야 또 언제 산단 말인가. 사, 그 신발을 사라고, 마리코!

그래서 샀다. 얼마 전에는 여세를 몰아 단골 기분을 내며 긴자 루부탱에 가 보았다. 한 발 들이자 곤봉처럼 스터드가 박힌 거친 느낌의 신발로 매장이 가득했다. 붉은색과 금색을 기조로 한 인테리어와 어울리게 센 언니 느낌으로 번쩍이는 신발들이 고급 메종이라는 딱딱한 이미지를 부숴 주었다. 나는 확신했다. 루부탱은 센 언니, 그것도 범접 불가한 카리스마의 센 언니! 여기서는 내 심플한 검은 펌프스가 오히려 이질적이다.

1998~2004년에 방영된 「섹스 앤 더 시티」는 뉴욕에 사는 싱글 여성 네 사람의 사랑과 우정을 그린 걸작 드라마 시리즈입니다. 세라 제시카 파커Sarah Jessica Parker가 연기한 캐리 브래드쇼는 맨해튼에 사는 칼럼니스트이자 패셔니스타인데 무엇보다 구두 마니아로 유명합니다. 전 세계 여성들의 구두 사랑에 캐리가 혁혁한 공을 세운 것은 자명한 사실입니다.

예약 필수 쿠키

　　군것질을 즐기는 편이 아니라서 번화가의 디저트 정보에 심하게 어둡다. 잡지의 디저트 특집을 보아도 '맛있어는 보이는데 많이 달겠지?'라는 느낌 정도만 받을 뿐 좀처럼 식욕이 동하지 않는다. 이런 사람이라 어딘가 초대받았을 때 디저트를 사 가는 것도 썩 내키지 않는다. 그렇다고 맨손으로 갈 수는 없으니 매장을 돌아다니긴 하지만 열두 개 들이 랑그드샤(손가락 모양 따위의 얇은 버터 쿠키) 같은 것을 보면 '나라면 이걸 받으면 좀 난처하겠지' 생각부터 든다. 하지만 반대로 먹어 봤는데 마음에 들어서 '이거라면 환영이야'라고 인정한 제품에는 충성심이 높다. 상자에 다람쥐 그림이 그려진 세이코테이西光亭의 쿠키는 맛이며 모양, 사이즈까지 적당해서 나는 무슨 일만 있으면 사람들에게 이것을 선물한다. 마치 자식이 좋아하는 음식을 수십 년이 지나도 준비해 두는 어머니의 마음처럼.

　　이처럼 디저트에 어두운 여자인 내게 드디어 올 것이 왔다. 알고 지내던 한 회사에서 결혼 축하 선물을 받았는데 답례를 해야 할 때가 온 것이다. 답례 선물은 받은 금액의 3분의 1에서 절반 정도로 하는 것이 일반적인 예의라고 한다. 몇 번을 들어도 풀리지 않는 참 아리송한 풍습이다. 하지만 달리 방법이 없다. 로마에서는 로마법을 따라야 하니까.

고향 도야마에서 신세를 진 회사니까 답례는 사원들이 쉴 때 먹을 수 있는 것이 좋겠지? 그럼 역시 쿠키일까? 고향 사람들에게 주는 것이니만큼 도쿄에서만 구할 수 있는 특별한 것으로. 하지만 '그곳에서만'이라는 조건이 붙으면 난이도가 높아진다.

첫 번째 후보인 로자 양과자점ローザー洋菓子店(사랑스러운 푸른색 틴케이스로 유명)도, 두 번째 후보 츳카벳카라이 카야누마ツッカベッカライカヤヌマ(다메이케산노溜池山王에 위치한 오스트리아 과자점)도 예약이 필수다. 평소라면 쿠키를 사려 예약씩이나 하지 않지만 지금은 전력을 다해야 할 때다. 무조건 도쿄 느낌이 물씬 나는 고급 쿠키를 확보해야 한다. 도야마에 가는 곧 다가올 12월 8일까지.

하지만 하필 버터 부족과 크리스마스가 겹친 데다가 예약 전화를 늦게 하는 바람에(이것이 최대의 패인이긴 하다) 두 곳 다 8일까지는 준비해 줄 수 없다는 대답이 돌아왔다. 너무 낙담해 전화기를 쥔 손이 떨릴 정도였다. 고작 쿠키지만 지금은 더없이 절실한 쿠키다. 도쿄의 예약이 필수 쿠키는 생각보다 허들이 높았다. 그렇다고 여기서 타협해 도쿄가 아닌 곳에서 살 수 있는 걸 고르긴 싫었다!

그래서 나는 태어나서 처음으로 진지하게 잡지의 디저트 특집을 조사했다. 그러다 만나게 된 것이 '과자 공방 루스루스'菓子工房ルスルス다. 2007년에 개업한, 도쿄 도내에 세 곳밖에 없는 작은 양과자점이다. 나는 신께 기도하는 마음으로 전화를 했다. 그리고 그 기도는 통했다!

열 종류의 귀여운 쿠키가 든 네온 틴케이스(4,536

엔) 세 개를 캐리어에 챙겼다. 이 글을 쓰고 있는 지금 나는 도야마 기토키토 공항きときと空港 라운지에 있다. 험난했던 과정을 생각하니 눈물이 날 지경이다. 쿠키야, 부서지지만 말아 줘.

단 것을 아주 싫어하진 않습니다. 예전에 무라카미카이신도村上開新堂라는 노포의 쿠키를 선물받은 적이 있는데 그 쿠키는 먹어 본 가운데 최고의 맛이었습니다! 하지만 이곳은 소개제로 회원들에게만 판매하는 곳이라 이후로 맛볼 기회가 전혀 없었습니다. 이야말로 진정한 예약 필수 환상의 쿠키인 셈이죠. 미리 알았더라면 더욱 소중하게 맛보았을 것을…. 쿠키가 들어 있던 핑크색 틴케이스는 재봉 상자로 잘 활용하고 있습니다.

기모노와 나

　　설날에 온 가족이 기모노를 입고 정월 참배를 하러 가는 풍습은 언제부터 사라지기 시작했을까. 아주 드물게 함께 기모노를 입고 정월 참배를 하러 가는 가족을 발견하게 되기도 하지만, 다운 코트를 입은 무리 속에서 겉도는 듯이 보여 다소 마음이 쓰인다. 오늘날 기준으로 기모노를 입은 게 어색해 보이지 않는 경우는 성인식을 치르는 여성이나 정월 특집 방송의 여성 사회자 정도 아닐까.

　　왜 이렇게 되었을까. 사실 나 역시 어릴 때 설날에 기모노를 입는 습관이 없었다. 하지만 집에 기모노는 많이 있었다. 엄마는 결혼할 때 옷장 한 짝 분의 기모노를 들고 왔다. 쇼와 한 자리 수 연대에 태어난 할머니가 어느 시점까지는 기모노를 일상복으로 입었다니, 아마도 베이비 붐 세대부터 패러다임이 바뀌어 '설날 기모노' 풍습이 사라진 것 아닐까. 핵가족의 자녀 양육은 녹록지 않았을 터라 우아하게 기모노를 입을 여유는 없었을 것이다. 그리고 옷방에서 조용히 몸을 숨기고 있던 엄마의 혼수 기모노는 약 삼십 년 만에 세상과 마주하게 된다. 갑자기 기모노에 눈뜬 딸에 의해.

　　사실 나는 기모노 착용 사범 자격증을 가지고 있다. 스물여덟 살 때 기모노 교실을 부지런히 다녀 습득했다. 이십대 후반 여성은 전통문화에 빠지기 쉬운 법이라는 게 나의 지론이다. 미혼에 애인이 없으면 다도와 꽃꽂이, 가부키, 라쿠고落語〔전통 만담〕, 분라쿠文樂〔전통 인형극〕등에 눈을 뜰 확률이 높아지고 쏟을 열정도 커진다. 실제로 나는 남자친구가 없던 시기에 주변에서 놀라 넘어갈 정도로 기모노에 푹 빠져 있었다.

그렇다고 해도 내 옷장 속 기모노는 대부분 엄마의 서랍에서 찾아낸 것과 할머니가 남겨 주신 것이고 직접 구입한 것은 전부 젊은층 대상으로 나온 폴리에스테르 기모노나 중고 빈티지 기모노뿐이다. 엄청나게 비싼 것은 아니었지만 그래도 할부 카드를 몇 개씩 돌려쓰며 사들일 만큼 당시의 나는 제정신이 아니었다. 그러다 '기모노 산 돈을 전부 합치면 샤넬이나 에르메스 백을 살 수 있지 않았을까'라는 생각이 스친 순간, 바로 열기가 식었다.

하지만 기모노 입기 기술과 몇 벌의 기모노만큼은 틀림없이 내게 남았다! 이 에세이를 연재하고 있는 『주간 문춘』의 2015년 신년 특대호에 가스가 다이치春日太一〔시대극 연구가〕씨와 대담을 하게 되었을 때도 '기모노를 입고 가겠다'고 호기롭게 선언했다. 기모노를 입을 기회에 굶주려 호시탐탐 노리고 있던 것이다. 엄마 서랍에서 찾아낸 자잘한 매화 무늬 원단의 기모노에, 띠는 학이 수놓아진 화려한 후쿠로오비袋帶〔폭이 넓고 화려한 전통복 허리띠〕를 맞추고(이건 직접 산 것이다), 할머니로부터 물려받은 하늘색 오비지메帶締め〔띠가 풀리지 않게 조여 매는 끈〕와 매화에 색을 맞춘 빨강 오비아게帶揚げ〔띠가 흘러내리지 않게 둘러매는 헝겊 끈〕를 해 코디를 완성했다. 아무래도

이번에는 촬영을 위해 입는 것이니 전문가에게 부탁했다.

오랜만에 기모노 서랍을 열었다가 정말 애들 같은 것만 사 모았구나 하며 아연실색했다. 삼십대에 싸구려 폴리에스테르 기모노를 입을 순 없다. 정장과 마찬가지로 이십대의 안목으로 구입한 저렴한 물건은 삼십대에게 어울리지 않는다. 지금이라면 절대 사지 않았을 물건들뿐이다. 어째 하나같이 이런 것들만 모아 놓았는지…. 기모노에 빠진 시기가 너무 빨랐는지도 모르겠다.

일러스트 속 기모노를 입은 남자는 남편…이 아니라 대담 상대였던 영화사, 시대극 연구가 가스가 다이치 씨입니다. 워낙 장신에 훤칠한 가스가 씨지만 기모노를 입으니 한층 더 근사하고 멋졌습니다. 그러나 인터뷰를 마치고 평소에 입던 캐주얼 의상으로 돌아오자 '방금 전의 위엄 넘치던 남자 분은 어디로 갔나요?' 소리가 나올 정도로 격차가 크게 느껴졌답니다. 남성들은 기모노를 많이 입으세요!

손질이라는 취미

2014년에 펴낸 소설 『파리에 가 본 적 없는데』를 쓰기 위해 파리에 관련된 책을 닥치는 대로 읽던 시기가 있다. 파리 관련서는 그 자체로 독립 장르를 이룰 정도로 종수가 많은데 그중 끝판왕을 이때 만났다. 『프랑스인은 옷을 열 벌밖에 가지고 있지 않다』フランス人は10着しか服を持たない(1,400엔+세금)는 프랑스 귀족의 집에서 6개월간 홈스테이를 한 경험을 통해 돈을 쓰지 않고 윤택하게 사는 방법을 터득한 미국인 지은이가 마담으로부터 배운 지혜를 엮은 책이다.

지은이는 물질주의의 상징과도 같은 캘리포니아 출신으로서 대형 여행 가방 두 개에 옷을 가득 채워 파리에 입성한다. 하지만 아파르트망의 방에는 작은 옷장이 하나 있을 뿐이었다. 턱없이 부족해 보였지만 더욱 놀랍게도 마담의 가족 모두 그 사이즈의 옷장 하나에 들어갈 정도의 옷밖에 가지고 있지 않았다.

게다가 마담의 옷장은 책 제목처럼 정말 열 벌 정도밖에 없었다고 한다. 겨울에는 울 스커트, 캐시미어 스웨터, 실크 블라우스가 각각 서너 벌로 모두 돌려 입기 용이한 질 좋은 옷이었다. 사실 잘 조합해 입으면 그 정도로 충분할지도 모른다. 잡지에 자주 소개되는 '한 달 돌려 입기' 기획도 메인 아이템은 열 벌 정도로 이루어진다.

아무리 쥐어짜도 있는 옷을 열 벌까지 줄이기는 힘들 것 같아, 그럼 가능한 한 질이 좋은 물건으로 갖추자는 심산으로 작년 겨울에 캐시미어 니트를 하나 장만했다. 가격은 약 2만 5천 엔에 밍크 가공이 되어 있고 털끝이 면처럼 보들보들하며 아주 따뜻하다. 하지만 보풀이, 그것도 보풀 제거기로는 대처가 안 되는 푸들 털처럼 생긴 엄청난 보풀이 일기 때문에 입은 다음에는 빗질을 꼭 해 줘야 한다. 집에 있던 싸구려 빗으로는 해결이 되지 않아 히라노 브러시Hirano Brush에서 수작업으로 털을 심어 만든 캐시미어용 빗(18,000엔+세금)을 구입했다. 아무리 그래도 옷 브러시로 이 가격은 심하다고 생각했지만, 도구만큼은 좋은 것을 갖춰야 하는 법 아니겠는가. 인기 상품답게 홈페이지에 "만성 재고 부족"이라 적혀 있어서 단번에 구매를 결정했다.

일전에 니트 드라이클리닝을 맡겨 봤는데 돌아왔을 때 석유 냄새가 너무 심하게 나서 경악한 이후 줄곧 세탁소를 피하고 있다. 처음 캐시미어 손빨래를 하면서는 많이 떨렸지만 금방 원래의 부드러움을 되찾길래 안심하고 세제의 급을 올려 보았다. 더 런드레스The Laundress는 데님용 세제나 스포츠 의류용 세제 등을 만드는 뉴욕에 근거를 둔 프리미엄 패브릭 케어 브랜드이다. 이 브랜드의 울&캐시미어 겸용 세제(2,800엔+세금)라면 세탁기의 손빨래 코스로 돌려도 충분히 부드럽게 세탁이 된다.

명품 가죽 백도 쓴 다음에는 천으로 닦아 줘야 하고, 가죽 구두도 관리를 안 하면 금방 망가진다. 고급일수록 사실은 품이 많이 들기 마련이다. 귀찮다고 생각하면서도 잡념을 떨치고 무념무상으로 손을 움직이는 것이 은근재미있다. 승려나 장인이 된 기분으로 손질에 전념하는 것이 최근에 빠진 취미다.

여름에는 나설 기회가 많지 않지만 겨울이 되면 이 옷 브러시가 활약합니다. 니트 표면을 쓱쓱 빗질하기만 해도 모질이 새것처럼 살아납니다. 보풀이 생기면 보풀 제거기가 나설 차례. 보풀 제거기는 그야말로 손질계의 꽃입니다. 발명한 사람은 천재예요! 집에 있는 테스콤Tescom 보풀 제거기는 2천 엔 정도 주고 산 것인데 제법 쓸 만합니다. 이게 없으면 이제는 니트를 입을 수가 없을 정도예요.

고급 버터와 버터 케이스

버터가 부족하다. 마트에 가면 버터 코너만 비어 있는 모습에 어느새 익숙해졌지만 요즘 사용하는 식재료 택배 서비스의 전단지에도 "버터는 추첨입니다"라는 문구가 적혀 있는 것에는 놀라지 않을 수 없었다. 근처 마트에서 파는 자체 브랜드 버터는 무시무시하게 맛이 없는, 진하기는커녕 잡맛밖에 나지 않는 대용품이라 그것에는 죽어도 손을 대고 싶지 않다. 하지만 맛있는 버터는 추첨이란 말이지. 뽑힐 것 같지 않은데…. (역시나 떨어졌다.)

그러던 중에 세이조 이시이成城石井〔고급 슈퍼마켓 체인〕에서 칼피스 버터를 보았다. 그 이름대로 저 유명한 칼피스에서 만드는 버터다. 칼피스 제조 공정에서 쌓은 기술로 우유에서 최상급 버터를 만들어 낼 수 있다고 한다. 야구 배트 스윙을 죽도록 연습했더니 골프 스코어가 100을 넘었다는 종류의 경지 아닐까. 일류 요리사들이 애용하며 주로 식당 등과 도매 거래를 해서 소매로는 거의 유통되지 않는다. 요즘 고급 슈퍼마켓에서 가끔씩 눈에 띄는 50그램에 3백 엔쯤 하는 '소프트 버터'를 몇 번 산 적이 있는데 확실히 맛이 좋았다. 색은 노랗지 않고 흰색에 가까웠으며 맛이 산뜻했다. 냉장고에 버터가 떨어져서 난처했는데, 그래 칼피스 버터를 사면 되겠다!

하지만 그날 매대에 놓여 있던 것은 450그램짜리

'특선 버터'(약 1천 4백 엔)뿐이었다. 거의 벽돌만 한 크기라 잠시 망설이다 집어 들었다. 버터가 없으면 토스트를 먹을 수 없으니까. 쌀은 있는데 반찬이 없는 격 아닌가.

특선 버터의 패키지는 보석함처럼 뚜껑을 들어 올리는 형태였고 그 안에는 종이로 포장된 버터가 영롱한 자태를 뽐내며 수납되어 있었다. 그 모습을 본 순간 '아차' 했다. 버터를 쓸 때마다 일일이 금박 종이를 펼쳐야 한다니. 그래서 버터 케이스를 사기로 결심했다. 그리고 역시 버터 케이스라면 그 브랜드밖에 떠오르지 않는다.

노다호로野田琺瑯는 쇼와 9년(1934년)에 창업한 오랜 역사의 법랑 브랜드다. 화이트 시리즈 보존 용기가 유명한데 우리 집도 노란 포틀 시리즈 주전자를 쓰고 있다. 버터 케이스는 두 종류가 있는데 450그램용이 세전 3,300엔. 결국 버터 한번 쾌적하게 먹어 보겠다고 들인 금액이 약 5천 엔이라는 것. 빵에 발라 먹을 때 빼면 잘 쓰지도 않는데. 매일 빵을 먹는 것도 아닌데.

하지만 케이스를 뒤집어 자연산 벚꽃 나무 뚜껑을 도마처럼 놓고 그 위에 칼피스 버터를 얹으면, 그것만으로도 이루 말할 수 없는 화려함이 식탁에 깃든다. 어디 고급스러운 외국 호텔에서 조식을 먹고 있는 것 같은 설렘과도 같달까. 5천 엔은 그 설렘의 가치다. 버터야 물론 맛있고말고. 본전을 생각하면 앞으로도 450그램용 버터만 사야 한다는 제약이 따르긴 하지만 충분히 만족스럽다.

앞으로 450그램용 버터만 사야 한다는 말을 한 게 방금인데 그만 앙증맞은 동그란 캔에 든 트라피스트 버터(홋카이도산 고급 버터)를 사 버렸습니다. 현재 이 버터 케이스는 그릇장에 소중히 모셔 두었고요. 버터 부족이 왜 일어난 것인지 알아보니 TPP(환태평양 경제 동반자 협정) 같은 것이 엮인 국가적 수준의 난제 탓이라 하는데, 저는 아무리 기사를 읽어 봐도 도통 이해가 되지 않았습니다. 여하튼 앞으로도 수급 부족이 예상된다 하네요.

마이 빈티지

신정 연휴를 고향에서 보내고 도쿄로 돌아온 다음 날 본가에서 택배 상자가 도착했다. 상자 안의 물건은 쌀…이 아니라 다시 쓸 수 있을 것 같은 가방이나 옷들이었다. 집에 갈 때마다 살금살금 물건을 챙겨 오는 버릇이 있는데 이번에는 고등학생 시절 쓰던 에르베 샤플리에Hervé Chapelier의 배낭을 발탁했다. 고향 도야마의 역 빌딩 지하에 있던 프렌치 캐주얼 매장에서 산 것이다.

내 고등학생 시절에는 유니클로가 아직 많이 알려져 있지 않았고 패스트 패션이라는 개념도 없었기에 멋 좀 부리자면 나름 이름값 있는 브랜드 제품을 사야 했다. 어 베싱 에이프A Bathing Ape 등 우라하라* 계열이 가장 인기였고, 히스테릭 글래머Hysteric Glamour, A.P.C. 등이 잘나갔으며, 스타일이 확고한 아이들은 고등학생 주제에 비비안 웨스트우드Vivienn Westwood나 메종 마틴 마르지엘라Maison Martin Margiela, 꼼 데 가르송Comme des Garçons 같은 고급 브랜드 매장을 당당하게 드나들었다. 그 무렵 이미 헤이세이平成〔1989~2019〕 불황은 시작되었지만 도심에는 새로운 매장이 속속 들어서 오픈할 때마다 친구들과 흥분해 몰려갔다. 방과 후에는 중간중간 패스트푸드점에서 쉬

* 일본 스트리트 패션의 중심지인 우라하라주쿠裏原宿의 줄임말

어 가며 아케이드 한쪽 끝에서 다른 끝까지 구경 다니는 것이 일상이었다. 돌이켜 보면 거리는 항상 빛나고 있었다.

십수 년이 지나는 사이 사람들의 흐름은 교외로 이동해 이제 도심에는 놀랄 정도로 가게가 줄었고(맥도날드도 철수했다!) 내가 에르베 샤플리에 가방을 샀던 가게도 사라진 지 오래다. 가끔 고향 동네에서 고등학생과 마주치거든 그 시절이 떠올라 아련함에 눈시울을 붉힐 때도 있다.

아무튼 거리는 변했어도 물건은 변하지 않는다. 내가 애용하던 에르베 배낭은 고향 집이라는 시간이 멈춘 박물관에 수십 년 동안 소중하게 보관되어 있었다.

유행은 20년 주기로 반복된다는 말이 있다. 재작년부터 문득 에르베 배낭이 갖고 싶어져서 새것을 샀다. 노트북이나 자료를 가지고 다닐 때 가죽 가방은 무거워서 엄두가 나질 않지만 나일론 배낭이라면 가뿐히 메고 다닐 수 있어 유용하다. 하지만 비에 젖은 탓인지 안쪽 가공이 흐늘흐늘 벗겨지면서 곳곳이 마치 햇볕에 타 벗겨진 등 피부처럼 변했다. 다시 사기는 아까워서 그냥 두었는데 본가 옷장 구석에 대충 방치되어 있던 에르베를 발견해 잘됐다 싶어 택배로 보낸 것이다. 독립한 지 올해로 17년, 드디어 내가 아끼던 물건이 빈티지가 되었다. 감개무량할 따름이다.

해외여행을 다녀온 지인에게 선물받은 것으로 기억하는 에르메스 스카프 '카레'Carre를 비롯해 본가에 있던 값나가는 물건은 이미 거의 가져왔다. 대학생 때는 '와, 에르메스다!' 하고 기뻐서 법석을 떨었는데 실은 그로부터 한 번도 쓴 적이 없다. 올해는 한번 둘러 볼까.

고등학생 때 산 에르베 배낭이 17년의 시간을 지나 멋지게 리바이벌, 매일 잘 사용하고 있답니다. 어떤 차림에도 어울리고 딱딱한 느낌을 눌러 캐주얼하게 만들어 주는 마법의 아이템입니다. 한편 에르메스의 카레는 가지고 오기는 했으나 여전히 옷장에 묵혀 두고 있습니다. 어떻게 둘러야 멋스러울지 잘 모르겠고 요리조리 궁리해 봐도 어울리는 차림을 떠올릴 수가 없어서요…. 어울리게 입을 자신이 생기는 그날까지 잠시 더 소중히 보관해야 할 것 같습니다.

완벽한 가습기

되짚어 보니 약 2개월 전에 가습기를 새로 샀다. 초음파 방식(구멍에서 차가운 습기가 나오는 방식)이며 가격은 약 7천 엔. 사이즈도 자그마하고 디자인도 깔끔한 것이 마음에 들어 샀는데 전원을 켠 순간 아차 싶었다. 초음파로 물을 진동시키는 구조라서 '지잉' 하는 거슬리는 소리가 난다. 겨울 내내 저 소음을 들어야 하나 싶어 철렁했다.

그로부터 불과 몇 시간 후, 또 다른 결점이 발견되었다. 사이즈가 작은 탓에 물탱크도 작아서 잠깐만 사용해도 곧 급수 램프에 빨갛게 불이 들어오는 것이다. 집에 있는 동안 계속 켜 두면 서너 시간에 한 번씩 급수를 해야 한다. 탱크를 꺼내서 물을 넣으면 되는 간단한 작업이지만 그것을 하루에 몇 번이고 하려면 고생이 이만저만이 아니다. 자꾸 물을 달라는 가습기에다 대고 '조금만 참아!' 하고 화를 내기까지 했다.

그러던 중에 TBS 프로그램 「마쓰코의 우리가 모르는 세계」マツコの知らない世界에서 가습기 특집을 했다. 가습기에는 네 가지 방식(스팀, 초음파, 기화, 하이브리드)이 있는데 내가 산 초음파 방식의 가습력이 가장 약하다고 한다. 게다가 일주일에 한 번 정도 청소해 주지 않으면 내부에 곰팡이가 생겨 목이 상할 수도 있다고. 가습기를 잘 활용하면 독감 예방에 좋지만 초음파 방식은 청소를 게을리하면 곰

곰팡이 확산기가 되어 '가습기 병'이라 불리는 알레르기성 폐 질환을 일으킬 수 있다고도 한다. 방송을 보고서 나는 조용히 가습기 버튼을 껐다.

그럼에도 초음파 방식의 장점을 잠시 말해 본다면, 네 종류 중 가장 디자인이 뛰어나며 잡화점에서도 손쉽게 살 수 있다는 점을 들 수 있다. 달리 말해 다른 가습기는 디자인이 별로라는 뜻이기도 하다. 가전제품의 디자인에 대한 불만을 이야기하다 보면 끝이 없겠지만 아무튼 하나같이 눈에 차지 않는다. 둔해 보이는 커다란 사각 큐브 형태이거나 디자인만 너무 강조한 나머지 눈에 거슬리는 것뿐이고 도무지 '무난한 것'이 없다. 인테리어에 자연스럽게 녹아드는 무난한 디자인이 필요한데 그 욕구를 충족시키기에 부족하다.

내가 파는 사람이라면 '그런 제품은 무인양품에 가 보세요'라고 말하려나? 실제로 내가 산 것도 무인양품의 초음파식 가습기이긴 하다. 디자인에 대한 불만은 전혀 없다. 그저 생각보다 손이 많이 가는 존재였을 뿐.

그건 그렇고 이렇듯 가전 고르기는 아무리 미리 사양을 확인하고 검토를 거듭해도 실제로 구입해 사용해 보지 않으면 모른다. 거슬리는 작동음도 급수의 번거로움도 써 보지 않으면 알 수가 없다.

하나 더 알게 된 사실은 결점이 없는 완벽한 가습기는 아직 이 세상에 존재하지 않는다는 것이다. 스팀 방식은 가습력이 높고 청소도 간단하지만 전기세가 많이 나온다.

이번 겨울은 일단 초음파식과 함께 나 보려 한다.

2015년 겨울에 다이니치Dainichi의 하이브리드 가습기 RX 시리즈를 1만 엔 정도 주고 구입했습니다. 색상은 프리미엄 브라운으로 했고, 이 제품을 고른 이유는 역시나 방 분위기와 가장 잘 어울릴 것 같아서였어요. 가습기에 국한되지 않는 일본 가전 브랜드 디자인의 절묘한 촌스러움은 종종 절 낙담시키지만 이 제품의 경우에는 오히려 투박하고 붙임성이 없는 느낌이 마음에 들었습니다. 하지만 역시 난방과 가습을 병행하는 데는 스토브 위에 주전자를 올리고 물 끓이기만 한 것이 없지요. 실용성은 물론이고 운치까지 있으니까요.

인터넷에서 만났습니다!

　　얼마 전에 줄곧 찾던 물건을 마침내 샀다. 배송료 포함 약 10만 엔이란 가격이 비싼 건지 싼 건지는 일단 제쳐 두고, 나도 일단은 작가이니 '이것'에는 어느 정도 투자를 해도 되지 않을까.

　　무엇을 샀냐 하면 책상이다. 초등학교 입학 때 부모님이 사 준 고쿠요Kokuyo의 롱런 데스크(성장에 맞춰 높이를 조절할 수 있는 기능성 책상)가 1대였다면 이번 책상이 4대. 2대는 대학생 시절 산 프랑프랑Francfranc 테이블이었고 뒤를 이은 3대는 교토로 이사하며 산, 한쪽만 서랍이 달린 중고 책상이다. 쇼와 시대의 향수가 짙게 남은 그 책상을 지금껏 써 왔으나, 이 책상은 합판 위에 얇게 나무를 붙인 것이라 상당히 저렴해 보인다. 당시 살던 낡은 아파트에는 은근히 어울렸지만 말이다. 그런 이유로 한참 전부터 새로 장만하고 싶어 안달이 나 있었다.

　　생각해 보면 2대도 3대도 '운명의 책상'을 발견하기 전까지 임시로 쓰려고 타협해서 산 느낌이 강하다. 인생을 함께할 반려와 같은 책상을 찾으려 그간 상당한 노력을 기울였다. 메구로 거리나 니시오키구보 등 앤티크 가구 매장이 밀집된 지역을 돌아다니고 도중에 눈에 들어오는 가구점이 있으면 무조건 들어가 보았다. 그런 노력에도 운명의 책상을 찾지 못했다.

그러다 결국 지쳐 버렸다. 애초부터 운명의 책상이 다 뭐람? 남편조차 운명이란 확신 없이 결혼했는데(여담으로, 예전에 다니던 기모노 교실에서 함께 수강하던 아주머니에게 들은 "남자친구의 좋은 점과 싫은 점 중에 좋은 점이 반 이상이라면 결혼할 만하죠"라는 말이 잊히지 않는다). 조금 더 신중하게 천천히 찾고 싶었지만 가구점을 정기 방문할 수도 없는 노릇이었다. 솔직히 말해 남편감도 '첫눈에 알아봤다!' 같은 운명적인 만남을 원했으나 그러지 못했으니, 책상 사는 데 언제까지고 배부른 소리를 할 순 없지 않겠는가.

나의 희망은 단 세 가지. 상판 양쪽에 서랍이 달려 있을 것, 좁은 아파트 현관을 드나들 수 있도록 조립식일 것, 터무니없는 가격이 아닐 것. 이 조건을 모두 충족시키는 책상을 인터넷을 뒤져 찾아낸 것이 이 10만 엔짜리 책상이다.

라후주 공방ラフジュ工房은 오프라인 매장 없이 온라인 판매만 하는 앤티크 가구 회사다. 영국이나 북유럽의 공예품 등 앤티크 가구를 폭넓게 취급하고 있다. 종류가 많아서 사이트를 구경하는 재미가 있다. 다양한 각도에서 사진을 여러 장 찍어 올렸고, 사이즈나 상태도 상세하게 설명되어 있어서 살펴보기가 무척 편하다. 가구처럼 크게 지르는 쇼핑(크기, 가격 등 여러 의미에서)을 인터넷으로 하는 건 처음이라 상당히 떨렸지만 사진 그대로의 책상이 잘 도착했다. 이것을 계기로 재미를 붙여서 이것저것 많이도 사게 될 것 같아 한편으로 두렵기도 하다.

그건 그렇고 요즘 세상이 그렇긴 하다지만 결국 인터넷이 답이었나. 결혼 상대를 인터넷에서 만났다는 부부도 흔해진 시대지만, 그래도 되도록 인터넷에서 샀다는 얘기는 안 하고 싶었다.

조립식이라고 해도 드라이버나 육각 렌치로 조이는 것이 아닌 좌우 서랍 위에 상판을 놓고 달칵 끼우는 형태라 이사할 때는 상하를 분리할 수 있습니다. 이런 물건을 새것으로 사려면 물론 10만 엔으로는 어림도 없지요. 역시 품질을 생각하면 앤티크가 이득입니다! 상판에 낙서가 많아 사용감이 느껴지지만 이상하게도 거슬리지 않습니다. 흠마저도 멋이 되는 앤티크의 신비랄까요.

버튼 홀릭

본가에 잠들어 있는 빈티지를 좀 더 찾아보다가 발굴한, 내가 보기에도 세련된 건지 아닌지 좀체 가늠이 어려운 수수께끼의 스웨터를 걸치고 다니는 요즘이다. 얼마 전 반응을 살피려고 토크 이벤트에 입고 나갔는데, 한 여성 관객이 귀엽다고 말해 준 데 자신감을 얻어서 그 후로 종종 입고 다닌다.

그런데 그 스웨터는 사실 밸런타인Ballantyne이라는 고급 니트 브랜드의 제품으로, 아마 버블 경제 시절에 유럽 여행을 다니는 멋쟁이였던 할아버지(돌아가셨다)가 선물로 사 오셨던 것 아닐까 싶다. 그러나 누구도 그 니트에 손을 대지 않아 그대로 서랍 깊숙이 보관되어 있었던 것이다(옷 선물은 리스크가 커요, 할아버지!). 다행히 상태는 훌륭했지만 지독한 장뇌 향에 졸도할 지경이었다.

문제는 그 스웨터 외에도 서로 색상만 다른 밸런타인 카디건이 세 벌이나 있다는 점이다. 흰색, 크림색, 청색으로 셋 모두 마담의 느낌을 강렬히 내뿜는 금색 버튼을 달고 있어서 내게는 전혀 어울리지 않았다. 저 금색 버튼만 아니었다면 캐주얼한 코디로 입을 수 있었을 것을…. 그래서 큰마음 먹고 버튼을 바꿔 보기로 했다.

기치조지에 있는 버튼 전문점 '엘 뮤제'エル・ミューゼ를 찾아 벽면 가득히 진열된 버튼 가운데 마음에 드는 것을

골랐다. 나무, 셸, 메탈, 유리 등 소재가 무척 다양했다. 가격은 3~4백 엔 선이 많았지만 희귀한 앤티크 버튼은 한 개에 1천 5백 엔쯤 하는 것도 있었다.

　　니트 카디건에는 버튼이 여섯 개 있으니까 예비로 한 개씩 추가하면 일곱 개씩 세 벌, 총 스물한 개의 버튼을 골라야 했다. 이 작업이 꽤나 힘들었다. 샘플로 가져간 하얀 니트 위에 버튼을 올려놓고 어떤 느낌이 나는지 살펴보기를 수차례. 버튼은 차지하는 면적은 작지만 옷의 인상을 좌우하는 아이템이라 정말 고르기 어려웠다. 그런데 고르다 보니 점점 신이 나서 자주 입는 코트의 버튼도 바꾸고 싶어졌다. 그렇게 무려 열두 개의 버튼을 추가로 구입해 총 서른세 개의 버튼을 사게 되었다. 그리고 집에 돌아와 밤새 무언가에 홀린 듯 버튼 달기에 몰두했다.

　　버튼 달기의 세계는 깊다. 너무 바짝 달면 천이 오므라들기 때문에 미묘한 힘 조절로 '표정'을 드러내야 한다. 두꺼운 코트나 니트라면 가볍게 띄워서 버튼 아래 실을 뱅뱅 감아 움직이지 않을 정도로 마감하는 것이 가장 적절하다. 이 사실을 한참 꿰매고 나서야 알아차려서 여러 번을 다시 달았다. 이런 과정을 거쳐 버튼 달기를 모두 마쳤을 때는 이루 말할 수 없는 감격이 밀려 왔다.

　　옷은 한 시즌 입으면 대체로 질리는데 버튼을 바꾸면 새로운 기분을 느낄 수 있어 조금 더 오래 입게 되는 것 같다. 무엇보다 나는 버튼 고르기도 달기도 재미있었다. 지금도 옷장에 있는 낡은 옷을 바라보며 '버튼 바꿔 봐야지!' 하고 히죽히죽 웃고 있다.

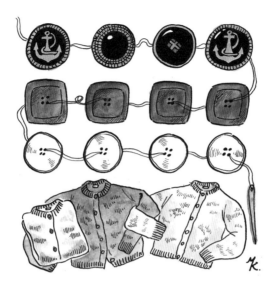

야밤에 혼자 조용히 수십 개에 달하는 버튼을 바꿔 달고 있는 것을 남편이 보고 공포를 느꼈다고 하네요. 그로부터 다시 1 년, 신나서 바꿔 달았던 코트의 버튼이 마음에 들지 않아 원래 대로 돌리고 싶습니다. 하지만 이제는 손 하나 까딱하기도 싫게 귀찮음이 밀려와 재봉함을 열 마음도 들지 않습니다. 역시 그날 단단히 버튼에 홀렸던 모양입니다. 재봉 같은 일은 탄력을 받으면 놀라운 집중력을 발휘하지만 착수까지 상당한 시간이 걸리는 편입니다.

드디어 반지를 맞추다

　　시부야구가 동성혼 증명서를 발행하는 조례안을 발표했다. 결혼을 인정받지 못하는 동성 커플을 '결혼에 상응하는 관계'로 인정한다고 한다. 법적인 효력은 없다지만 증명서가 공식적으로 발행되는 것만으로도 기뻐할 사람이 많을 것이다. 그건 그렇고 그 증명서, 나도 갖고 싶다.

　　2014년 11월, 구청에서 혼인 신고를 했을 때 담당 공무원의 나직한 "축하드립니다"라는 외마디 축하 외에는 결혼을 증명할 만한 다른 어떤 것도 (구청으로부터는) 받지 못했다. 혼인 신고서를 제출하는 것으로 끝. 증명이 될 만한 영수증을 받은 것도 아니고 묘하게 허탈한 기분이 들었다. 어, 우리 진짜 결혼한 거 맞나? 결혼했다고 생각하는 건 나뿐이고 법적으로는 그냥 동거 관계로 되어 있는 것 아냐? 이런 불안감이 밀려들 정도로 허전하다.

　　동성혼이 인정되는 프랑스에서 프랑스인 여성과 결혼한 일본 첫 레즈비언 탤런트이자 문필가 마키무라 아사코牧村朝子 씨가 혼인 관계나 가족 관계를 증명하는 '가족 수첩'livret de famille이라는 것을 가지고 있다는 것을 TV에서 본 적이 있다. 튼튼하고 묵직한 겉표지를 가진 가족 수첩은 명문 사립 대학의 졸업장처럼 근사해 보였다. 아, 바로 저런 걸 받고 싶었어! 시부야구의 조례가 무사히 통과된다면 달랑 종이 한 장 말고 멋지게 무언가를 만들어 주길 바란다.

따로 증서가 발행되지 않는 일본의 결혼에서 유일하고도 가장 큰 증거이자 주변에 선언하는 아이템이라 하면, 다름 아닌 왼손 약지에 끼는 반지다. 몇 번이고 백화점 진열장을 들여다보았지만 꽂히는 게 없어서 3개월이나 끌었다. 얼마 전에야 저 멀리 아사쿠사까지 걸음을 옮겨 벼르던 '메델 주얼리'メデルジュエリー에 다녀왔다. 결혼 반지 상담은 예약이 필수라는데, 이렇게 물건 하나 사는 데 예약까지 해야 한다는 점에서 보통 일이 아님을 알 수 있었다.

결혼 반지, 그것은 선택 또 선택의 연속이다. 수많은 브랜드 중 메델 주얼리로 좁히기도 힘들었는데 거기서 다시 수십 종류의 반지 가운데 마음에 드는 것을 하나 골라야 하고, 숨을 한번 돌리기가 무섭게 어떤 금(옐로 골드 / 화이트 골드 / 플래티넘 등등)으로 할지와 사이즈를 정해야 한다. 롤플레잉 게임처럼 계속 새로운 선택지와 마주하게 되는 것이다. 선택에 일단락이 나고 전표를 작성하는 단계가 되어서야 '돈' 문제를 떠올릴 수 있었다.

남편 반지가 15만 엔, 내 것은 7만 엔이었다. 남편 반지가 배 이상 두꺼우니 가격도 비싸다. 하지만 이 가격 차이가 묘하게 분하다. 남편이 각인(반지 안쪽에 "Love Forever" 등등을 새기는)을 어떻게 할지 고민하는 사이 3만 엔짜리 목걸이를 골라 전표에 추가했다.

메델 주얼리는 주문 생산제라 완성까지 한 달이 걸린다고. 후후, 기대된다!

반지든 목걸이든 시그니처 액세서리를 늘 착용하고 다니는 것을 약간 동경했습니다. 그래서 이번 반지를 손가락에 꼭 맞게 만들어 24시간 빼지 않고 끼고 있기로 했지요. 나중에 "가정 내 식중독은 계속 끼고 있는 반지가 원인? 요리할 때나 손을 씻을 땐 반지를 뺍시다"라는 제목의 기사를 읽었으나, 이미 늦은 것 같네요. 빼기 힘든 사이즈로 맞춘 것을 이제야 약간 후회합니다.

꽃으로 잡화 병을 극복하다

　　스물셋 무렵에 교토의 잡화점에서 아르바이트를 했다. 번화가에 있어서 평일에도 관광객이 많았지만 저녁 다섯 시경이 되면 퇴근길에 들른 여성 손님으로 단숨에 붐비기 시작했다. 얼핏 봐도 하나같이 방전된 것처럼 지쳐 보였다. 아마도 종일 모니터와 씨름하거나 전화 응대에 시달리거나 했겠지. 그렇게 퇴근하고 나면 마음이 메말라 하루의 마무리로 귀여운 잡화 한 개라도 사지 않으면 견딜 수 없는 상태가 되었던 것 아닐까. 귀갓길의 루틴처럼 잡화점에 진열된 소품(대부분은 그런 걸 왜 사냐는 얘기가 나올 수밖에 없을, 귀엽지만 쓸모없는 것들)을 보며 기진맥진한 마음에 양분을 공급하는 듯했다.

　　나 역시 오랫동안 얼토당토않은 잡화를 사는 것으로 마음의 균형을 유지해 온 사람 중 한 명이다. 잠깐 역 빌딩을 지나치면서도 머리끈이나 메모장이나 파우치 등을 꼭 산다. 기분을 끌어올리는 데는 옷이나 가방만 한 게 없겠지만 옷을 매일 살 수는 없다. 잡화는 이런 수요에 훌륭하게 맞아떨어진다. 액자도 좋고 다람쥐나 고슴도치가 그려진 마그넷도 좋다. 일단 가슴 설레게 하는 물건을 사지 않으면 집에 돌아와서도 마음의 구멍이 채워지지 않는다. '여성과 쇼핑'이라는 주제를 두고 언제까지나 설왕설래가 있겠지만, 이런 현상의 원리만큼은 누군가 명확히 설명해 주면 좋겠다.

최근까지 무의미한 잡화 소비를 꾹 눌러 왔건만, 얼마 전 야밤에 인터넷 서핑을 하다가 열받는 일이 생겨서 북유럽 잡화점에 가 지갑이 텅텅 비도록 사재기를 했다. 리넨 식탁보와 식탁 매트라는 분명한 쓸모가 있으면서도 부피가 크지 않은 물건을 골랐다는 점에서 내면에서 일어났던 아슬아슬한 갈등을 짐작할 수 있다. 참으면 병이 된다고 하지만 이 이상 물건을 늘릴 수도 없는 노릇이다. 그러나 외출했을 때 무언가 사 들고 들어오고 싶은 마음을 다스리기가 영 힘들다.

이제 나는 심기일전해 그럴 때는 꽃을 사기로 했다. 대개의 꽃은 잡화보다 예쁘다. 원래 인간은 꽃보다 아름다운 것을 만들 수 없는 것이다! 제철 꽃도 좋지만 1미터 정도 키의 관목이 집 안에 있으면 분위기가 차분해지기 때문에 최근에는 자주 철쭉을 꽃병에 꽂아 둔다. 갈기조팝나무나 미모사를 함께 꽂으면 한층 화려해서 좋다. 참고로 화분에 심긴 관엽 식물은 잡화에 포함되므로 손을 대지 않을 작정이다.

예전에는 꽃이란 금방 지기 마련이라 여겨 사기를 꺼렸는데, 잡화 대신 꽃을 산다니 괜히 좋은 일을 하는 기분이다. 마음의 구멍은 꽃으로 메우기로 하자.

나이가 들수록 꽃이 좋아집니다. 계절을 느끼게 해 주는 데다가 집 안에 생기를 불어넣어 주니까요. 방에 꽃이 없으면 마음이 시드는 것 같습니다. 있고 없음의 차이가 큽니다. 마감에 쫓길 때는 칩거 상태여서 꽃이 시들어도 바로 사러 나가지 못하는데 이것이 꽤 큰 타격이 됩니다. 일주일에 한 번은 꽃집에 갈 수 있을 만큼의 시간적, 심리적 여유를 가진 삶을 꿈꿉니다.

신용 카드의 늪

도무지 이해가 가지 않는 사회의 구성 요소 가운데 신용 카드가 있다. 일시적으로 대신 지불해 준 금액을 다음 달에 모아서 받을 뿐인데 대체 어디에서 이익을 얻는 걸까. 하지만 벌이는 엄청난 규모라니 신기할 따름이다.

나는 이 십수 년간을 단 한 장의 신용 카드와 함께 살아왔다. 대학 시절에 만든 학생 카드인데 최초 상한액이 10만 엔이었다. 그랬던 것이 정기적이고 적극적인 소비 활동, 그리고 긴 세월에 걸친 확실한 입출금과 함께 점점 올라가 30만이 되고, 50만이 되고, 급기야 골드 카드를 발급받으라는 디엠이 올 정도가 되었다.

카드 번호가 바뀌면 인터넷 쇼핑도 새로 등록해야 하고 귀찮아서 무시하고 있었는데, 삼십대 후반이 되니 가게에서 학생용 실버 카드를 내는 것이 조금 부끄러워졌다. 이참에 골드 카드로 바꿀까 싶어서 신청서를 보고 있었더니 "아니, 왜 굳이 연회비가 드는 걸로 바꿔?" 하고 남편이 물었다. 나는 정직하게 대답했다.

"…보기 좋아서?"

이래 봬도 신용 카드는 낭비의 원천이라며 경계하는 편이다. 카드 파산의 공포를 그린 미야베 미유키宮部みゆき의 『화차』火車를 고등학교 때 읽고 신용 카드라는 것은 (사용 방법에 따르겠지만!) 한없는 늪처럼 무서운 대상이라

고 마음에 새겨 왔다. 특히 카드를 여러 장 쓰는 것은 지옥으로 향하는 첫걸음이라고 단단히 각인하고 있다.

이익의 구조는 베일에 싸여 있건만 신규 가입을 받는 특설 코너는 어딜 가나 있다. 대형 마트부터 공항까지 가는 곳마다 권유를 받고, 루미네〔일본의 유명 백화점 체인〕에서 잠깐 쇼핑을 할 때도 "루미네 카드 가지고 계신가요, 만들어 드릴까요?" 번번이 묻는다. '저는 사회적 신용도가 제로나 마찬가지인 프리랜서라서 발급이 안 될걸요?'라는 말을 삼키고 "신용 카드는 한 장만 쓰려고요"라며 단호하게 거절하곤 한다. 심사가 간단한 학생 카드를 만들어 두길 정말 잘했다.

그런데 이번에 사용 등록한 인터넷 회계 소프트웨어 'freee'의 안내에 따르면, 신용 카드를 두 장 갖추고 경비용과 개인 소비용으로 나눠 쓰면 사용 내역이 그대로 장부가 되기 때문에 무척 편리하다고 한다. 그래서 방침을 바꿨다. 골드 카드를 신청해 한 장 더 카드를 만들기로. 갈 곳을 잃었던 허영심이 실리와 멋진 조화를 이룬 것이다.

신청서를 제출하고 몇 주가 흘렀지만 아직 새 카드는 오지 않았다. 설마 심사에서 떨어졌나? 결국 'freee'는 신용 카드가 준비되질 않으니 설명문을 읽어도 이해가 가지 않아 등록만 하고 방치 중이다. 확정 신고 기한까지 이제 2주 남았다. 아슬아슬하군.

이번 글 게재 후 가게를 운영 중인 독자 분으로부터 신용 카드의 원리를 설명하는 편지를 받았습니다. 카드 회사는 소비자가 아니라 가맹점에서 수수료를 받는 거군요. 소비자는 카드 덕에 고액 쇼핑을 할 수 있게 되는 한편 수수료도 분명히 떼입니다. 안 긁자니 가렵고 긁으면 따가운 격이네요. 어느 업계나 이렇게 '사이에 낀' 회사가 가장 잘 버는 것 같아요.

송어 초밥 귀고리?

내 고향 도야마에 드디어 신칸센이 개통되었다! 지금까지는 도쿄역에서 조에쓰 신칸센上越新幹線을 타고 사이타마, 군마를 거쳐 니가타의 에치고유자와역(나에바 스키장이 있는)에 내린 후 특급 하쿠타카特急はくたか로 갈아타야 하는 한참 돌아가는 코스였다. 거리상으로는 그리 멀지 않고 3시간 15분이라는 승차 시간도 받아들일 수 있었지만 환승의 심리적 부담이 컸다. 혹시 졸다가 내릴 역을 놓칠까 불안해서 안심하고 눈을 붙일 수도 없었다.

주로 차로 이동하는 시골에서 자란 탓인지 전철 갈아타기는 예나 지금이나 부담이다. 대학 수험생 시절 갈아타야 하는 도쿄냐 갈아타지 않아도 되는 오사카냐 고심한 끝에 오사카를 골랐을 정도니까. 10년 전에 상경했지만 여전히 그렇다. 빠르지 않아도 괜찮아, 갈아타지 않고 갈 수만 있다면.

호쿠리쿠 신칸센北陸新幹線이 개통되고 도쿄~도야마 구간은 최단 2시간 8분, 도쿄~가나자와 구간은 2시간 28분 만에 갈 수 있게 되었다. 얼마 전부터 TV에서 광고나 호쿠리쿠 지역 특집을 종종 볼 수 있게 되었다. 물론 다들 목적은 가나자와다.

오랜 역사를 가지고 무사 문화를 꽃피웠던 근사한 성시城市 가나자와. 이곳은 이시카와현의 현청 소재이지만

현을 넘어서는 하나의 독립 국가와도 같다. 새해부터 미디어들은 계속 가나자와 타령뿐이었다. 그리고 호화찬란하게 빛나는 가나자와 옆에서 눈을 가늘게 뜨고 생선을 발라 먹고 있는 우리 도야마 사람들. 도야마현을 거대한 벽처럼 감싸고 있는 다테야마 봉우리와 구로베 댐, 세계유산으로도 지정된 갓쇼즈쿠리合掌造り〔폭설 지역에서 볼 수 있는 주택 건축 양식〕 집락 등 관광지가 있다면 있지만 아무래도 너무 수수하다. 젊은 여성층의 마음을 끌 한 방이 현저히 부족한 데다 관광 산업으로 돈을 벌어 보겠다는 탐욕마저 압도적으로 부족하다. 이시카와현의 마스코트 '햐쿠만상'ひゃくまんさん이 풍기는 전형적인 마케팅 분위기와 대조되는 도야마의 '기토키토군'きときと君*의 소박한 눈망울을 보라. 참고로 수년 전 한 스포츠 행사용으로 만든 마스코트를 그대로 재활용한 것이라 한다(그래서 체육복을 입고 있다).

그러다가 얼마 전 도야마를 전면에 내세우면서도 내 물욕을 제대로 자극하는 굿즈가 등장했으니, 그것은 다름 아닌 '송어 초밥 귀고리'ます寿司のピアス(세금 포함 3,240엔)였다. 주석의 특성을 잘 살린, 손으로 구부릴 수 있는 부드러운 금속 바구니 시리즈로 유명한 다카오카시의 전통 공예 브랜드 노사쿠能作에서 낸 신상품이다. 얼핏 보면 그냥 이등변 삼각형 모양을 한 귀고리지만 자세히 들여다보면 도야마 특산품 중 하나인 송어 초밥을 자른 형태로 되어 있다. 귀엽기도 하지!

* 기토키토는 도야마 사투리로 '신선하다', '활력이 넘친다'는 뜻이다.

노사쿠의 '도야마 기념품 시리즈'는 도시락 통에 든 형태의 '송어 초밥 브로치'나 댐 배수구를 형상화한 '구로베 댐 술잔'黒部ダムのぐい呑 등 마음을 흔드는 기발한 상품들이다. 가나자와 여행을 하신다면 꼭 중간에 들르셔서 도야마 기념품을 구경해 주시기를!

호쿠리쿠 신칸센 개통 후, 누구한테 부탁받은 것도 아닌데 필사적으로 도야마 PR에 매달렸습니다. 1년만 지나도 세간의 관심이 홋카이도 신칸센에 쏠릴 것이 뻔히 예상되었으니까요. 사람들의 관심을 끌 수 있는 기간은 짧습니다! 그런데 지금(2015년 연말) 시점에도 도야마 역전 광장 공사가 끝나지 않았다니, 경이로운지고, 도야마의 여유.

책 사재기

갈 일이 거의 없는 롯폰기를 오랜만에 거닐다 잠시 시간이 나서 책방에 가볍게 들렀다. 롯폰기의 책방이라면 역시 약칭 ABC, 즉 아오야마 북 센터青山ブックセンター다! 처음 이곳에 들어섰을 때 드디어 도쿄에 왔다는 감회에 젖었던 기억이 있다.

아오야마 북 센터 롯폰기점은 힙한 책을 충실히 갖추어 업계인들이 많이 온다는 말도 있지만 가장 큰 특징은 심야 영업에 있다(새벽 5시까지도 열려 있다고). 클럽에서 밤새 놀다 술도 깰 겸 ABC에 들러, 르 코르뷔지에 같은 걸 한 권 산 뒤 택시를 불러 집에 돌아가 컴퓨터 전원을 켜고 하던 작업을 이어 하는 크리에이터의 모습을 떠올리게 하는 책방이다(당연히 망상입니다).

90년대에 잡지를 보며 동경하던 환상의 '도쿄'에 이런 서점은 불가결한 존재였다. 2004년 파산 신청 뉴스가 나왔지만 민사 재생법의 적용으로 두 달 만에 영업을 재개, 지금까지 건재하다.

ABC에서 흥미가 이끄는 대로 책을 집어 들다 보니 어마어마한 양이 되었다. 살 기회를 놓쳤던 베스트셀러나 신서, 매대에 쌓여 있던 시시 분로쿠獅子文六의 『딸과 나』娘と私, 안자이 미즈마루安西水丸가 매료되어 직접 번역했다는 트루먼 카포티Truman Capote의 『서머 크로싱』Summer

Crossing 문고본, 여타 번역된 단행본, 특설 코너에 있던 철학가 야나이하라 이사쿠矢内原伊作의 『자코메티』ジャコメッティ(세금 포함 5,832엔!) 같은 최고급 장서까지, 도저히 멈출 수 없었다. 이래저래 열 권 가까이, 총액 2만 엔을 넘겨 버렸다. 가끔 이런 일이 일어난다. 서점과 내가 화음을 빚는다고 해야 할까, 스파크가 튄다고 해야 할까.

1천 6백 엔 정도 하는 단행본을 앞에 두고 주저하는 자아도 있고, 이렇게 스위치가 들어가면 자코메티든 피케티든 와 봐라! 하고 지갑을 열 준비를 하는 자아도 있다. 같은 2만 엔으로 옷을 산다면 고작해야 한두 벌인데 책이라면 한 아름이니 정신적인 만족감이 크다. 책을 사는 것은 꽃을 살 때와 마찬가지로 단지 물욕을 충족시킬 뿐만 아니라 스스로에게 좋은 일을 한다는 기분을 불러일으킨다.

책을 좋아하는 사람만 알 수 있는 감각일지도 모르겠지만 마음 가는 대로 책을 대량 구매할 때의 쾌감은 거의 엑스터시다. 아드레날린, 도파민, 이런 것들이 샘솟는 느낌이다. 다만 그렇게 책을 한꺼번에 사들일 수 있게 되었다는 것은 곧 그만큼 책을 읽을 시간이 없어졌다는 뜻이기에 서글프기도 하다. 현대 사회에서 시간과 돈을 모두 모자람 없이 가진 사람이 있기나 할까.

다 읽을 수 없다는 사실은 잘 알고 있다. 사 두고 한번 펼쳐 보지도 못한 책이 책장의 3할을 차지한다고 해도 과언이 아니다. 하지만 책은 자기 돈을 주고 사는 것이 중요하단 말이지… 라는 둥 설교를 할 생각은 없고, 그저 나는 책 '읽기'만큼이나 '사기'도 좋아하는 모양이다.

점점 늘어만 가는 책들, 전부 책장에 꽂아 두고야 싶지만 지금은 마음을 굳게 먹고 필요 없는 책부터 순서대로 떠나 보내고 순환을 시키려 합니다. 꼭 갖고 있고 싶은 책만 추리다 보면 궁극의 서가가 완성되는 것 아니겠냐고 생각은 하지만, 책장 순화 작업이 그리 순조롭지 못하네요. 역시 '정신과 시간의 방'(『드래곤볼』참조)에라도 들어가지 않는 한 전부 읽기는 힘들겠죠.

오가닉이 최고야!

내가 초등학생이었던 1980년대 일본에는 샴푸가 메리트, 리조이, 티모테 이렇게 셋밖에 없었던 것 같다. 그리고 내가 중학생이 된 1993년, 유럽에서 비달 사순이라는 이름의 검은 배*가 쳐들어 왔다. 그때부터 다양한 상품이 마트에 넘쳐나게 되었다. 나는 온갖 샴푸에 손을 댔다. 티세라, 라비나스, 마셰리, 모즈 헤어, 사라, 허벌 에센스를 거쳐 보낸 90년대다. 대략 2000년부터는 럭스와 팬틴이 마음속 1~2등이었다.

시세이도Shiseido 츠바키Tsubaki 샴푸 광고가 화제가 되었던 2006년, 그 뒤를 바짝 쫓은 것이 가오花王의 아지엔스アジェンス, 크라시에クラシエ의 이치카미いち髪였다. 그리고 의외의 복병이었던 것이 세그레타セグレタ. 논 실리콘 샴푸 대유행의 파도를 타고 등장한 레브르レヴール가 시장을 휩쓸었던 것이 불과 수년 전의 일이다. 그런데 2015년 현재 나는 이 중 어느 것도 쓰고 있지 않다. 애초에 샴푸를 드러그 스토어에서 사지 않는다. 그럼 어디서 사냐고? 코스메 키친Cosme Kitchen을 이용한다.

코스메 키친은 오가닉 코스메틱(농약 같은 화학 합

---

* 에도 시대 말기, 일본 근해에 출몰한 서양의 배를 당시 사람들은 '검은 배'라고 불렀다.

성 성분을 쓰지 않고 재배한 유기농 소재로 만든 화장품)을 취급하는 자연주의 유기농 화장품 숍이다. 2012년 봄, 시부야역 앞에 오픈한 쇼핑몰 히카리에ヒカリエ에서 입점한 점포 중 하나였던 코스메 키친을 슬쩍 들여다보고 상품의 가격이 한 단계 높은 데 충격을 받은 기억이 있다. 고가의 해외 브랜드 샴푸를 척척 사 가는 여성들을 휘둥그레 쳐다보며 '저래도 되나?' 하는 생각마저 들었다. 작가로 데뷔하기 전 백수 시절 이야기다.

그로부터 3년, 나도 변했다. 하루 대부분의 시간을 컴퓨터 앞에서 일하는 여성이 되었다. 그리고 자연스럽게 발걸음을 코스메 키친으로 향해, 라 카스타ラ·カスタ나 네이처스 게이트Nature's Gate 같은 브랜드의 샴푸와 컨디셔너를 찾게 되었다. 천연향과 부드러운 사용감에 지친 몸을 풀어 준다. 가격은 둘 다 2천 엔 전후로 솔직히 비싸다.

하지만 술값으로 환산해 보면 금세 사라질 액수다. 그렇게 생각하면 당연히 오가닉 쪽으로 기운다. 결국 샴푸뿐 아니라 입욕제나 바디 케어 제품에까지 손을 뻗게 되었다. 꽃과 책에 이은, 사면 기분이 좋아지는 물건들이다.

왜 갑자기 오가닉에 빠지게 되었는지 따져 보았는데 아마도 원시성이 강한 편인 내 허약한 몸이 남성 중심의 터프한 사회에 적응하며 일하는 동안 자연적인 것을 원하게 된 탓 아닐까 싶다. 예를 들자면 시베리안 허스키나 도사견을 위한 운동장에 내던져진 치와와 같은 느낌? 물음표를 붙일 것도 없이 체력에 대해서는 단언할 수 있다. 당연히 이 몸이 치와와다. 하지만 오가닉의 효능이 뭐냐고 내

게 묻는다면 솔직히 답하기 난처하다. 스트레스 해소 내지
는 마음의 평화?

일이 바빠질수록 오가닉 그리고 마사지에 자꾸 빠져듭니다.
아무튼 종일 모니터만 보고 있으니까요. 어느 지점이 오면 등
이 뻐근해지기 시작합니다. 그럴 때 애용하는 마사지 살롱으
로 달려가 한 시간 정도 마사지를 받으면 다시 살아납니다. 운
명의 마사지사를 만난 덕에 이렇게라도 살아가고 있습니다.

영화 관람법

마감에 쫓기는 나날이 이어져 좀처럼 영화관에 가지 못하고 있다. 마지막으로 영화관에서 본 작품이 2014년 12월에 본 「나를 찾아줘」Gone Girl다. 두 달 전쯤 클린트 이스트우드Clint Eastwood 감독의 「저지 보이즈」Jersey Boys를 봤지만 2015년 2월 개봉한 그의 신작 「아메리칸 스나이퍼」American Sniper는 아직 보지 못했다. 내가 영화관을 방문하는 빈도가 이스트우드(당시 84세)의 신작 발표 속도를 따라가지 못하다니….

나는 첫 책 『여기는 지루해 데리러 와줘』ここは退屈迎えに来て의 프로필에 "버블 붕괴 후의 지방 도시에서 외국 영화 비디오를 빌려 보며 십대 시절을 보냈다"라고 썼을 만큼 영화를 좋아한다. 중학생 때부터 영화 잡지를 애독했고 대여점에 다녔으며 부모님께 애원해 WOWOW (유료 채널)에 가입해 밤을 새며 영화를 보는 나날을 보냈다. 영화가 좋아서 예대 영상학과에 진학했다. 도쿄로 상경해서는 명화좌〔주로 구작을 상영하는 영화관의 총칭〕에 드나들며 황금기 일본 영화를 닥치는 대로 보았다. 아, 그땐 정말 즐거웠다(아득한 눈빛으로 회상 중)!

지금은 여성지에서 영화 리뷰를 맡고 있어서 시사회에 갈 일이 있긴 하지만 그 시절의 기분은 나지 않는다. 처음에는 신작 영화를 일반 관객보다 한발 앞서, 심지어 공짜(!)로 볼 수 있다는 사실에 설레었으나, 영화가 아무리 재미있어도 별로 즐겁지가 않다. 역시 내 돈을 내고 '관객' 입장으로 영화관에 가야 제맛이 난다. 그렇다 보니 요즘은 시사회도 잘 챙겨 가지 않는 편이다. 시간도 내기 힘들고 '공짜'라서 마음이 느슨해지는 탓이다.

공짜는 무서운 놈이다. HDD 레코더로 녹화해 둔 100편이 넘는 영화를 나는 대체 언제 볼 생각인 걸까(케이블 TV는 유료지만 자동으로 결제되므로 감각적으로 공짜다). 인터넷 DVD 택배 대여 서비스도 주문해 봤지만, 연장 무료라는 친절함에 기대 역시 전혀 보지 않게 되었다.

내가 요즘 가장 많이 사용하는 영화 서비스는 VOD(비디오 온 디맨드)다. 인터넷 회선을 사용한 대여 비디오 같은 방식으로 영화나 해외 드라마를 스트리밍으로 시청할 수 있는 서비스다. 월 몇백 엔에 무제한인 것도 있지만, 보통 영화 한 편에 400~500엔 정도로 적절한 가격이 책정되어 있으며 시청 가능 기간도 48시간 정도라는 게 적당하다. 이 정도 긴장감이 없으면 집에서 영화를 볼 수가 없다.

얼마 전에는 VOD로 「맨, 위민 & 칠드런」Men, Women & Children이라는 영화를 보았다. 이것은 극장 미개봉인 이른바 DVD 직행작이다. DVD가 되면 다행이다. 「방황하는 소녀들」Damsels in Distress이라는 미국 영화는 DVD화도 되지 못한 채 스트리밍으로 직행했다. 이 작품은 아이튠즈로 대여해서 애플 TV로 보았다.

인터넷의 보급으로 영화 관람 방법이 점점 복잡해

져 간다. 개인적으로는 돈을 내고 영화관에서 감상하는 것이 유일무이, 최상의 방법이라고 생각한다!

제가 아마존 프라임 회원인 것을 알고 남편이 동영상 스트리밍 서비스 '아마존 프라임 비디오'를 볼 수 있게 해 주었습니다. 심지어 넷플릭스까지 가입했지요. 이렇게까지 인기 있는 이유를 아직은 잘 모르겠지만, 영화나 드라마 타이틀을 체크하며 위시 리스트에 담다 보면 어느새 해가 저물어 있을 것만 같은 이 새로운 늪의 출현에 조용히 전율하고 있습니다. 역시 영화는 영화관에서…?

새 청바지가 시급해!

한 달 뒤에는 이사를 가야 해서, 집 안의 필요 없는 물건들을 처분하는 게 급선무다. 옷장 점검부터 시작했는데, 이다지도 갖고 있는 옷 활용을 못 하는 스스로에게 새삼 놀랐다. 평소에 꺼내 입는 것은 전체의 10퍼센트 정도 아닐까…? 인간 뇌의 사용 비율과 엇비슷한 듯하다.

그나마 제일 잘 입는 옷은 역시 청바지다(데님, 진 등 명칭은 다양하나 나는 청바지라 부르길 선호한다). 청바지는 정말 편리하다. 거의 모든 상의와 어울리고 다소의 더러움도 눈에 띄지 않으며 주름도 지지 않는다. 보통은 입으면 입을수록 망가지는데 청바지만큼은 시간이 지날수록 '맛'이 난다. 특별히 손질할 것도 없으니 이상적인 의류가 아닐까. 하지만 그 편리성에 너무 기대다 보면 어느 날 갑자기 항상 입던 청바지가 광채를 잃는 순간이 온다.

청바지를 입고 거울 앞에 섰을 때 '어라?' 싶다면 이미 늦은 것이다. 청바지는 천이 튼튼해 옷으로서의 수명이 무섭도록 길다. 그래서 옷이 낡기 전에 실루엣이 먼저 신호를 보낸다. 그렇다. 청바지에도 유행이 있다!

70년대에는 벨 보텀, 80년대에는 케미컬 워싱, 90년대에는 레이온 혼방의 소프트 데님이나 부츠 컷, 2000년대 이후에는 로라이즈나 스키니. 이런 커다란 흐름의 유행을 짚는 건 이만해 두자. 우리의 적은 2~3년 주기로 찾아

오는 자잘한 트렌드다. 이번에 옷장을 정리하며 보니 몇 년 전에 사 둔 사루엘 팬츠(MC 해머가 입던 그것)를 연상시키는 실루엣을 한 청바지가 이상한 존재감을 내뿜고 있었다. 앞으로도 영원히 입을 셈이었던 애착 청바지의 유행이 지났다는 사실을 알아차린 순간의 충격은 크다. 하지만 청바지는 옷장의 중심이다. 적절한 타이밍에 업데이트하지 않으면 돌이킬 수 없으니 빠른 조치가 필요하다. 그렇다, 새로 사야 하는 것이다!

그런데 청바지 구입은 녹록지 않은 작업이다. 가게에 들어서면 벽 한 면에 차곡차곡 개켜 쌓은 청바지가 한가득…. 일단 시각적으로 즐겁지가 않다. '어머, 이 청바지 너무 예쁘다!'의 순간은 아예 일어나지 않는다. 실로 지루한 쇼핑이다. 사이즈를 잘 골라야 하기에 시착 횟수도 많아서 청바지를 사는 날은 시간과 체력을 필수적으로 확보해 두어야 한다.

얼마 전 청바지 매장에 가서 리Lee의 보이프렌드 데님(14,000엔)을 샀다. 보이프렌드 데님은 이름 그대로 남자친구의 청바지를 입은 듯 헐렁한 느낌을 자아내는 청바지다. 스트레이트 진이나 스키니 진만 가지고 있는 사람에게 '세컨드 진'으로 추천한다.

갓 구입한 청바지는 어딘가 데면데면한 구석이 있지만 그래도 금방 몸에 익어 편안해질 것이다. 그렇게 완벽하게 한 몸이 되어 밀월 기간을 보내다 보면 어느 순간 다시 실루엣에 애로가 생기겠지.

워낙 유행의 파도가 자잘하고 잦게 일어서 데님 원

단의 강도를 살리지 못하는 것은 아쉽지만 그것이 바로 패션… 이겠지. 아마도.

청바지뿐만 아니라 하의를 고르는 것은 항상 어렵습니다. 진중하게 시작해 보고 샀는데 결국 한 번도 입지 않게 됐다는 실패담이 많습니다. 반대로 마음에 들어 자주 입는 하의는 엉덩이가 반질반질해져도 버리기가 힘듭니다. 이참에 고백하자면, 얼마 전에 산 리의 보이프렌드 데님도 사실은 별로, 아니 전혀 입지 않고 있습니다. 왜일까요? 시착했을 때는 그렇게 마음에 들었는데 말이죠. 확신이 있었거든요. 그런데 왜?!

자기만의 방

　　한 달 후면 4년 만에 여섯 번째 이사를 한다. 혼인 신고를 한 지 어느새 반년은 지난 마당이라 순서가 영 뒤죽박죽이긴 하지만, 현재의 주거지는 어디까지나 동거 시대에 속하는 것이고 앞으로 이사 갈 아파트가 신혼집이다. '새 술은 새 부대에'라는 마음으로 아예 지나는 전철 노선이 다른 동네를 고른 터라 이사가 너무나 기다려진다. 무엇보다 염원했던 나만의 작업 공간이 생긴다.

　　"여성이 소설이나 시를 쓰려면 연간 5백 파운드의 수입과 문을 잠글 수 있는 방이 필요하다"라고 버지니아 울프는 말했지만, 여태껏은 문을 잠그기는커녕 서재도 남편과 함께 사용했고 문도 활짝 열어 둔 채 써야 했다. 남편이 회사에 있는 동안 내 일이 끝나면 다행이지만 거의 그러지 못했다. 남편이 집에 돌아와 TV를 보기 시작하면 집중이 되지 않아 그가 잠든 심야부터 일을 재개하곤 했다. 이렇게 글로 써 놓고 보니 지옥이 따로 없었다. 역시 나만의 방이 필요하다. 그리고 남편은 절대 출입 금지!

　　한편 이사를 준비하면서 필요 없는 물건을 정리하는 이 시점에 새 가구를 들이고 말았다. 구입한 것은 프랑스 인테리어 브랜드 '꼼뚜와르 드 파미'Comptoir de Famille의 스탠드 라이트(세금 포함 약 7만 엔)다. 이 가격에 남편은 물론 "지금 살 물건이 아닐 텐데?" 하고 어이없어 했다.

꼼뚜와르 드 파미는 프렌치 컨트리 스타일 가게다. 전체적으로 여성스럽고, 식기나 패브릭 계통에는 빠짐없이 꽃무늬가 들어 있다. 앤티크 전문점인가 싶게 아늑한 분위기지만 브랜드가 탄생한 것은 1992년이다. 방 전체를 이 브랜드 제품으로 채우고 싶을 정도로 마음에 쏙 들어 '아니야, 아직 아니야'라고 스스로에게 몇 번이고 제동을 걸어야 했다. 서재 인테리어를 아직 전혀 정하지 못했기 때문이다.

인테리어는 패션 이상으로 통일감을 줘야 세련미가 느껴진다는 것을 최근에야 깨달았다. 마음에 든다고 그때마다 생각 없이 사 버리면 어느새 북유럽풍 소파에 에스닉한 테이블, 공주풍 옷으로 채워진 옷장에 둘러싸일지도 모른다. 그런 일이 벌어지지 않게 하기 위해서라도 어떤 감각으로 통일성을 줄지 미리 결정해 둬야 한다.

그런데 이게 참 쉽지 않다. 에스닉의 깊이에 이끌리는 한편, 요즘 유행하는 낡은 듯 세련된 섀비 시크shabby chic 스타일도 멋스러워 보이고, 낡은 걸 좋아하다 보니 고가구풍인 브로캉트brocante도 궁금하며, 오사카 브랜드인 트럭Truck Furniture의 가구 또한 마음에 든다. 어느 하나로 좁힐 수가 없다. 당연히 내가 "좋아하는 것들을 모았더니 유일무이한 나만의 취향이 탄생했습니다"라고 할 수 있는 감각의 소유자도 아니다. 게다가 이미 7만 엔이나 투자하긴 했지만 프렌치 컨트리로만 맞추는 것도 뭣하다는 생각이 든다. 어라, 그렇다면 이번 쇼핑은 헛다리…?

서재 인테리어는 그럭저럭 정리가 되었습니다. 카펫을 깐 덕분에 바닥에서 뒹굴거릴 수도 있어요. 정말로 마감에 턱밑까지 쫓길 때는 이 바닥에 누워 잠깐씩 눈을 붙이곤 합니다(침대에서 자면 깨질 못해요). 더 심각한 날은 시험을 앞둔 학생처럼 심야에 가구 배치를 바꿉니다…. 항상 같은 배치면 질리니까 자주 조금씩 변화를 줘 가며 마음을 다잡고 있답니다.

네일 안 하는 사람

　　신간 출간에 맞춰 홍보에 여념이 없는 요즘이다. 잡지 인터뷰도 하고 라디오에도 나가며 내 이름과 신간을 조금이라도 더 알리려 최선을 다하고 있다.

　　얼마 전에는 종일 도쿄 중심 지역들의 서점을 돌며 서점 분들에게 인사를 하고 사인본에 사인을 했다. 어떻게 진열되느냐에 판매량이 크게 좌우되고 진열은 서점 직원들의 적극성에 달려 있기 때문에 저절로 몸을 많이 숙여 인사하게 된다. 사인본이 프리미엄이라는 느낌을 주긴 하지만 결국 그 분량만큼은 서점에서 입고를 해야 하기 때문에 내 마음대로 몇 권이고 사인을 할 수는 없다. 사인은 어디까지나 '하게 해 주는' 것이다. 지난 주말에는 고향 도야마에 있는 분메이도文明堂 서점에서 사인회가 있었다. 사실 이곳은 작가로 데뷔하자마자 생애 첫 사인회를 열었던 곳이다. 지금은 사람 앞에 나서는 일에 조금 적응되었지만 처음엔 긴장한 나머지 속이 메스꺼울 정도였다. 정신적으로도 그랬지만 그 이상으로 겉치레를 챙기는 게 힘들었다.

　　작가는 보통 옷도 메이크업도 스스로 준비한다. 목 위로야 항상 하던 수준에서 조금 더 열심히 할 수밖에 없지만 옷이나 구두는 나름대로 볼품 있는 것을 준비해 둬야 한다. 당시엔 그런 옷이 한 벌도 없어서 서둘러 백화점에 갔다. 그리고 다행히 어떻게든 입을 만한 옷을 마련했다. 그러다가 문득 손을 본 순간 아연실색할 수밖에 없었는데…
손톱을 잊었던 것이다!

　　내 사전에 손톱 손질이란 '깎기'뿐이다. 기껏해야
집에 있다가 갑자기 변덕이 일어 매니큐어를 발라 본 것이
최고의 사치였다(그것도 마르기 전에 건드려서 망치기 일쑤
였다). 하지만 사인을 할 때 손이 눈에 띄니까 체면상 손톱
관리 정도는 받고 와야겠다는 생각이 들어 다시 서둘러 네
일 살롱으로 뛰어갔다.

　　요즘 대세는 '젤 네일'인데, 손톱에 젤을 덧바르며
전용 UV 램프로 굳히기를 거듭하는 방식이라 한다. 아름
답게 완성될 뿐만 아니라 강도가 비상히 높다고 한다. 가격
은 단색을 바르기만 할 경우 약 7천 엔, 라메나 스톤 같은
작업을 추가할 경우에는 다시 그 두 배 정도가 된다나. 하
지만 결국 손톱은 자라기 마련이니 짧으면 약 2주 만에 손
톱 밑부분이 올라와 버린다. 그땐 어떻게 해야 하나? 살롱
에 가서 전용 기계로 지우는 게 기본이라는 설명을 듣고 정
말이지 귀찮기 짝이 없을 것 같단 생각에 미간이 찌푸려졌
다. 아무리 그래도 너무 번거롭잖아. 그야 내 손톱이 반할
정도로 예뻐지면 기분은 정말 좋겠지만서도….

　　어느덧 작가로서 3년의 시간을 보내는 동안 손톱
관리 정도는 받아야 체면치레가 된다는 생각은 안 하게 되
었다. 이제는 매니큐어도 바르지 않고 손톱을 깎고 다듬는
선에 그친다. 나는 청결을 최우선시하는 짧게 깎기파다.
돈도 한 푼 들지 않을뿐더러 무척 쾌적하다. 얼마 전 사인
회에도 당연히 네일을 따로 하지 않고 다녀왔다. 앞으로도

당당하게 '네일 안 하는 사람'으로 살아갈 생각이다.

네일을 안 하겠다는 선언을 하고부터 정말 편해졌어요. 물론 하면 예쁘다고 생각합니다. 가끔 화려하게 계절감이 드러나는 색을 바른 사람을 보면 너무 보기 좋아 부러워하기도 합니다. 그러나 그러다 네일이 벗겨진 사람을 만나면 끈끈한 친근감과 함께 '나도 맨날 이러겠지?'라는 생각이 들어 다시금 '네일 안 하는 사람'으로서 결의를 다지게 되더라고요.

모드 오프에서 옷 팔기

4월은 기온이 불안정해서 옷도 신경 써서 입어야 한다. 따뜻한 햇살에 취해 낮에 얇게 입고 나가면 돌아오는 길에 험한 꼴을 겪게 된다. 그걸 알면서도 정답을 고르지 못하는 무서운 계절이 바로 봄! 올해는 기온이 상당히 불안정해서 꽤 추웠지만, 이제 슬슬 괜찮을 것 같아 니트를 세탁하기 시작했다.

니트는 세탁기의 '드라이/손세탁' 코스로 돌린 후 실내에서 말린다. 건조대(생선 굽는 그릴 같은 그물형)에 평평하게 올려 두고 말리기 때문에 한 번에 한 벌밖에 빨 수 없다는 부분이 아쉽다. 세탁을 하는 중간중간 니트를 평평하게 널어 말리는 작업을 열 번 넘게 반복하다 보면 어느새 살림살이가 지긋지긋해진다. 네 벌을 남긴 상태에서 내 의욕은 완전히 바닥났다.

사실 한가롭게 니트를 빨고 있을 때가 아니었다. 이사를 맞아 옷장 정리를 해 보니 또 안 입는 옷이 대량으로 발견되었다. 늘 하던 대로 모드 오프Mode Off(헌옷 매매 체인)에서 한꺼번에 팔아 버리려 옷과 신발을 종이봉투에 넣고 있는데 남편이 갑자기 자기가 메리카리メルカリ에 가져다 팔고 싶다는 것이다.

'메리카리'는 스마트폰으로 간단히 물건을 사고팔 수 있는 벼룩 시장 앱 서비스다. 상품 설명을 적거나 택배

발송을 하는 품은 들어도 집에 있는 필요 없는 물건에 직접 가격을 매겨 팔 수 있어 편리하다고.

"메리카리든 야후 옥션이든 그렇게 팔면 번잡스러워. 찔끔찔끔 파느니 모드 오프에 가서 한 번에 팔아 버리는 게 쉽지"라고 주장하는 나에 맞서 "값을 후려칠 게 뻔해. 메리카리로 팔자, 응?"이라며 굽히지 않는 남편이다. 결국 한 달 안에 메리카리에 올릴 거면 마음대로 팔고 기한을 넘기면 내가 모드 오프에 가져가겠다고 결론지었다.

그리고 아니나 다를까, 남편은 메리카리에 올리지 않았다! 메리카리와 게으른 우리 남편은 도무지 맞지 않았던 것이다. 그 시간에 차라리 다른 일들을 해 주면 좋겠다 (배기구 청소라든가).

그렇게 종이봉투를 안고 모드 오프에 가서 부부 도합 50여 벌의 옷과 신발을 팔아 약 2만 엔을 받았다. 500엔 이상으로 가격이 매겨진 옷은 무엇이 얼마로 산정된 것인지를 보여 주는 자세한 명세표도 준다. 어그 무톤 부츠 1,300엔, 리바이스 데님 800엔 등 어렵지 않게 수긍할 수 있는 가격 책정이었다.

모드 오프는 가격이 매겨지지 않는 옷도 받아 주는 게 좋다. 하지만 몇 달 전에 사서 한두 번밖에 안 입 옷에 0엔이 매겨지면 한마디 안 하고 넘어갈 수가 없다. "이 옷은 왜 0엔인가요?" 물으면 점원이 "디자인이 좀…" 하고 말을 흐린다. 모드 오프에 옷을 파는 것은 점원에게 센스를 부정당하는 순간까지 포함하는 일이다.

개인 점포를 무너뜨리는 대자본 체인점을 떨떠름하게 바라보면서도 모드 오프에 상당히 의존하고 있는 것이 사실입니다. 처음에 모드 오프는 마지막 보루와도 같은 존재였습니다. 하지만 브랜드 제품만 받는 헌옷 가게가 많아 거절을 자주 당하다 보니 결국 모드 오프로 흘러들게 된 것이죠. 디자인이 좀 아닌 것도 선뜻 받아 주는 모드 오프는 실로 고마운 존재입니다.

자유롭게 가져가세요!

이번에 처음으로 포장 이사를 전문 업체에 맡겨 보았다. 견적을 요청했을 때 듣기로는 별도 요금 20,000엔이 추가된다고 한다. 잠깐, 포장을 단돈 20,000엔에 해 준다고? 진작 말해 주지!

이사를 좋아하는 편이라 거의 2~4년 간격으로 간사이와 간토를 전전하며 살아왔다. 가장 처음 한 큰 이사는 오사카 변방에 있는 대학을 졸업하고 교토 시내로 옮겼을 때다. 부동산에서 추천해 준 이사 업체에 의뢰했고 포장은 물론 직접 했다. 박스와 테이프 등 자재를 도중에 다 써 버린 상태에서 날이 저물었고, 더구나 생활을 하면서 일용품을 미리 포장하는 것이 아무래도 불가능해 애매한 상태로 이사 날을 맞이했다. 그리고 새벽 트럭과 함께 나타난 직원에게 "손님, 이건 좀…" 하고 가볍게 혼났다. 이사 초보가 되는 대로 한, 아니 거의 포장이 안 된 이삿짐이었으니 말이다.

이 일을 반성의 계기로 삼아 나는 변했다. 그로부터 몇 차례 다양한 이사 업체에 신세를 지고 포장도 스스로 여러 번 해 보면서 차츰 요령이 생겼다. 박스 아래쪽은 당연히 십자 모양으로 테이프를 발라야 하고, 이사 작업 중에 업체 사람과 소통하는 데도 적응이 되어 "이건 바로 쓸 물건인가요?" 같은 질문이 오거든 바짝 군기 든 신병이 된 것처럼 빠릿빠릿하게 대답한다. 개인적인 생활 공간을 모르는 사람에게 전부 해체당한다는 심리적 저항감도 이제는 없다. 이토록 준비된 자의 모습이라니! 심지어 내가 이사 팀의 일원이라는 마음이 들기까지 한다. 그렇게 어느새 이사의 프로로 성장한 것이다.

그렇긴 하지만 이번에는 포장 이사를 신청했기에 필요 없는 물건을 처분하는 정도밖에 할 일이 없었다. 쓰지 않고 장에 넣어 둔 식기, 한참 옛날에 말라 버린 화분 등 이미 애착을 잃은 잡동사니들은 가능하면 신혼집에 가져가지 않을 셈이었다. 책이나 옷이라면 낫지만 자잘한 잡화들은 팔기도 쉽지 않다. 벼룩 시장이나 야후 옥션 같은 데서 필요 없는 물건들을 잘 팔아 잔돈을 버는 사람들의 성실성은 존경하지만 내겐 그런 재간이 없다. 하지만 아직 충분히 쓸 수 있거나 흠이 없는 물건을 쓰레기로 버리고 싶지는 않았다. 그래서 오랜만에 유성 매직을 꺼내 '그거'를 해 보기로 했다.

화창한 어느 주말, 팔기에는 애매한 물품들을 "자유롭게 가져가세요!"라고 써 붙인 상자에 넣어 길가에 슬쩍 내놓았다. 그랬더니 해 질 무렵에는 물품의 8할이 사라져 있었다. 이웃 사람들이 마음에 드는 걸 가져가 준 것이다. 처음 이 방법을 떠올려 시도하고 물건이 잘 빠지는 것을 확인했을 때는 외지인인 나를 동네 사람으로 받아들여 주었다는 생각에 감동한 적도 있다.

동일본 대지진 후 여기로 이사 왔을 땐 작가를 꿈꾸는 백수였다. 그로부터 4년이 지난 지금, 나는 실제로 작가가 되었고 결혼도 했다. 그리고 이 동네를 떠날 날이 왔다. 고마웠어, 오기쿠보荻窪. 또 만나자!

그렇습니다. 저는 2011년 8월부터 2015년 5월까지 스기나미구 오기쿠보에 살았습니다. 그 전엔 기치조지吉祥寺에서 혼자 살았지만 대지진을 겪은 후 안전망 구축의 차원에서 남자친구와 동거하기로 결정하고 오기쿠보에서 살기 시작했습니다. 그렇게 혼인 신고도 하고 여전히 사이좋게 지내고 있습니다. 오기쿠보에서 자주 다니던 가게들(라멘 주하치방, 카레 가게 스파이스, 빵집 Honey, 와인바 피그로네, 그리고 아스테라스 도구점)이 새삼 그립습니다.

룸바냐 드럼 세탁기냐

룸바라는 이름의 로봇 청소기 위에 새침한 얼굴의 고양이가 타고, 윙 소리를 내며 거실을 배회하는 동영상을 처음 보았을 때 큰 충격을 받았다. 초현실적으로 바보스럽지만 말도 안 되게 귀여운 '룸바 고양이'. 룸바는 거실을 자유롭게 이동하면서 먼지를 빨아들이는 훌륭한 물건이다. 가전 '3종 신기神器'는 시대에 따라 바뀌지만 현재로서는 룸바, 식기 세척기, 드럼 세탁기가 아닐까.

그나저나 얼마 전 이사 온 집의 바닥이 큰일이다. 지금까지는 방의 대부분을 카펫이 차지했기 때문에 청소를 안 해도 그다지 티가 나지 않았지만 원목 플로어링을 한 마루는 사흘만 방치해도 금세 티가 난다. 보란 듯이 굴러다니는 먼지덩이에 화들짝 놀라 정전기 청소포를 꺼냈다. 청소포를 뒤집어 수확을 확인하니 지옥의 더러움이 뭉쳐 있었다. 이제 룸바를 도입할 수밖에 없겠다.

이사 전에는 쓸데없는 지출을 절제했지만 이사를 해 보니 필요한 물건이 계속 떠오른다. 룸바 이상 가는 생활 필수품인 세탁기도 어느새 십 년은 써서 이제 새로 살 때인가 검토 중이다. 그리고 새로 산다면 꼭 드럼 세탁기로 살 셈이다. 드럼 세탁기 사용자에게 듣자니 건조 기능이 좋아서 주름이 잘 안 생기고 전기세도 그렇게 많이 나오지 않는다고. 세탁물을 세탁기에 쏙 넣은 뒤 뚜껑을 열면 보송보송하게 마른 빨래가 나온다니 꿈만 같다. 말릴 필요도 날씨에 휘둘릴 일도 없다. 역시 룸바보다 이쪽이 먼저일까?

하지만 가전 판매점을 방문해 실물을 보자마자 이건 안 되겠다는 판단이 들었다. 일단 너무 크다. 집에 들여놓고 보면 이보다 1.5배는 더 위압적일 것 같았다. 일단 지금 쓰는 세탁기 자리에 들어가지 않을 것 같았다. 실제로 사전에 설치가 가능한지 점검하러 와 주는 서비스가 있다고는 한다. 판매 직원도 '주택은 보통 괜찮은데 아파트일 경우에는 안 들어갈 때도 종종 있다'며 쓴웃음을 지었다. 이사 가는 곳은 물론 아파트, 그것도 오래된 곳이라 드럼 세탁기를 들이는 것은 상당한 모험이 될 것 같았다.

여기서 새로운 의제가 하나 더 등장했다. 신혼집 부엌에 냉장고를 놓을 공간이 분명히 마련되어 있긴 한데, 그 깊이가 미묘하게 얕아서 가지고 온 냉장고를 넣으면 앞이 튀어나와 빌트인된 식기 세척기 문이 열리지 않는다. 2년 전에 장만한 냉장고라 몹시 분하지만 지인에게 넘기고 크기가 맞는 새 냉장고를 살 수밖에 없었다. 수많은 냉장고 중에 우리 집 냉장고 자리에 들어맞는 것은 히타치Hitachi의 진공 칠드真空チルド 시리즈뿐이었기에 길게 따질 것 없이 그것으로 결정했다. 약 20만 엔이라는 거액을 임시 편성해 지출했다. 따라서 룸바냐 드럼 세탁기냐를 따지며 가사 경감을 꾀하던 계획은 현재 보류 상태다.

누가 제 냉장고를 받아 갔느냐고요? 실은 저도 잘 모릅니다. 같은 아파트에 사는 신비주의 뮤지션에게 주변에 냉장고 필요한 사람이 있냐고 물었더니 소개해 준 분인데, 냉장고를 가져가기로 한 날 경트럭을 빌려서 나타나더군요. 마침 그날 TV에서 파퀴아오 대 메이웨더의 타이틀전을 중계해서 함께 시청했답니다.

입욕제 and more!

　　동양 의학에 "여성은 7의 배수, 남성은 8의 배수 나이대에 신체 변화를 느낀다"라는 가르침이 있다는 것을 요메이슈養命酒〔자양강장 작용으로 알려진 약주〕 광고를 통해 알았다. 스물여덟 무렵 "지금이잖아!" 하고 걱정했지만 별일 없이 지나갔고 어느덧 7년이 흘러 올해로 서른다섯, 다시 7의 배수가 되었다.

　　원래도 냉증이 있었지만 요즘 들어 레벨이 한 단계 올라간 것 같다. 어떻게든 고쳐야 한다고 생각은 하지만 게으른 내게 가능한 것은 '목욕 오래 하기' 정도 아닐까? 그냥 목욕물은 얼얼한 느낌이 들어 입욕제가 꼭 필요하다. 세상의 많고 많은 입욕제 중에서 내가 요즘 줄곧 쓰는 것은 이것, 아스 제약의 '온소 호박의 탕'温素 琥珀の湯(600그램, 15회분에 약 1천 엔)이다.

　　몇 년 전에 고케시小芥子〔여자아이 모양의 원통형 목각 인형〕로 유명한 나루코 온천鳴子温泉에 갔을 때 거의 스킨 로션만큼 점성이 있는 온천수에 깜짝 놀란 적이 있다. 피부가 엄청 부드러워지고 촉촉해졌다. 이른바 '미인 온천'이라 불리는 수질이 이런 것이라 한다(알칼리성이라는 모양이다). 온천에 대해 별로 아는 건 없지만 '미인 온천'의 느낌은 확실히 집에서 욕조에 물을 받아 쓰는 것과 현저히 다르다. 반대로 온천에 갔는데 이 미끌거리는 느낌이 없으면 괜히 허전하다.

'온소'는 이 '미인 온천'의 미끈미끈함을 재현한 놀라운 입욕제다. 입욕제의 효능(피로 회복이나 냉증 개선) 같은 것이야 얼마나 실제 효과가 있는지 알 도리가 없고 광고 문구도 '몸이 따끈해진다'처럼 추상적 방향으로 흐르기 마련인데, '온소'는 단도직입적으로 '최고 수준의 촉감을 추구한다'고 밝힌다. 다른 데 한눈팔지 않고 오로지 '미인 온천'의 미끈거림을 재현하려 했다는 그 자세가 멋지다.

'온소 백화의 탕'温素白華の湯이라는 백탕 버전도 있지만, 더 끈적한 '호박의 탕'이 단연코 내 취향이다. 하지만 물 색깔이 완전히 갈색이 되기 때문에 처음엔 움찔했다. 또 패키지에서 풍기는 할아버지스러움도 만만치 않다(갈색의 숙명이려나). 참고로 '온소'는 일반적인 드러그 스토어의 매대에서 찾아보기 힘들기에 항상 인터넷으로 구매한다. 크나이프Kneipp의 배스 솔트가 점령한 선반 가운데 한 줄이라도 '온소'에게 나눠 주면 좋겠다.

'온소'를 듬뿍 넣은 욕조에서 몸을 풀고 나와 알인코Alinco의 목 마사지기 '모미타이 무리피'もみたいむリピ(약 6천 엔)로 어깨와 등 쪽 굳은 근육을 마사지한다. 무릎 아래로는 파나소닉의 에어 마사지기 '레그 리프레'レッグリフレ(약 2만 엔)을 장착한 채 NHK에서 방송하는 영국 드라마 「다운튼 애비」Downton Abbey를 보는 시간은 지극한 행복 자체다. 더불어 얼굴에는 보습 시트 마스크를 붙이고 슬슬 요메이슈를 마시기 시작한다. 우유를 섞어 칼루아 밀크처럼 만들면 마시기 편하다!

SHIFUKU SET

오기쿠보 시절에 다니던 드러그 스토어에는 크나이프뿐이었
고 '온소'는 찾아볼 수 없었지만, 이사 온 동네의 드러그 스토
어 입욕제 코너에는 반갑게도 '온소'가 가득했습니다! 다양한
시리즈 상품이 진열되어 있어 눈이 휘둥그레졌습니다. 지역
인구의 연령 구성을 반영한 덕 아닐까요. '온소' 패키지에서 풍
기는 근엄한 할아버지 느낌은 타깃을 제대로 파악한 결과라
는 것을 이제야 이해했습니다.

말레이시아 짚 슬리퍼

집에 있는 것을 좋아한다. 작가가 되려 한 이유도 일을 집에서 할 수 있어서다. 드디어 내 서재를 갖게 되었다는 것과 햇볕이 뜨거워졌다는 것, 이 두 가지 이유로 앞으로 한 달간은 한층 더 집 밖으로 나가게 않게 되었다. 집에 있을 땐 반드시 슬리퍼를 신는데, 5월 연휴 들어서부터는 슬리퍼에 습기가 차는 게 느껴지기 시작했다.

집에만 있다 보니 바깥 공기가 아닌 발의 습기로 기온의 변화를 느끼게 되는구나 태평하게 생각했지만, 사실 습기 차는 슬리퍼는 웃어넘길 수 없게 불쾌하다. 슬슬 그것을 사러 가야 하나.

그것이란 잡화점에서 파는 '밀짚 슬리퍼'다. 큰 게이지로 거칠게 짠 소박한 제품인데 장식 없는 것이 대체로 6백 엔 정도 하고 조화나 리본, 리버티 프린트 등으로 장식된 것들은 그 배다. 처음 밀짚 슬리퍼를 보았을 때는 그 단순함에 감격했는데, 이제까지 여름엔 무조건 키티 얼굴이 그려진 건강 슬리퍼(돌기가 붙어 있는)를 썼기 때문이다.

그러고 보니 불량한 스타일로 입은 여성들이 길거리에서 키티 건강 슬리퍼를 신고 다니는 현상이 항상 이해가 안 됐는데, 지금 검색해 보니 이름이 '건강 슬리퍼'가 아니라 '헬로 키티 건강 샌들'이다. 설마 원래 샌들로 파는 것을 나 혼자 슬리퍼로 착각하고 신은 건가!? 깜짝 놀라 설명문을 확인해 봐도 "이 상품은 실내용으로 만들어졌습니다"라고 똑똑히 적혀 있다. 크록스 대신 키티를 신는 언니들 문화에서 이런저런 왜곡이 엿보인다. 그러나 그건 그렇다 치고….

요 몇 년 밀짚 슬리퍼를 애용하긴 했지만 내구성에는 상당히 문제가 있다. 발이 적응할 즈음에는 발뒤꿈치 부근부터 붕괴가 시작되어 부스러진 지푸라기가 마루에 후두두 떨어진다. 지금까지 여름 한 철을 버틴 적이 없다(아무래도 집에 계속 머물며 슬리퍼를 혹사시키는 편이라). 조금 더 강도가 있는 천연 소재 슬리퍼를 찾다가 '말레이시아 짚 슬리퍼'라는 것을 발견했다. 야마가타 현 가호쿠河北 마을에서 만든 것이며 M 사이즈 2,500엔, L 사이즈 2,800엔이다.

여기서 말레이시아 짚이란 사실 말레이시아에서 나는 수초이고 옛날부터 짚신에 사용되었다고 한다. 보기에도 실제로도 산뜻하고 쾌적하다. 튼튼하지만 안쪽은 펠트로 되어 있어서 닿는 부분이 부드럽기 때문에 발이 쉽게 피로해지지 않는다. 단지 디자인이 다소 노티 나는 게 아쉬운 대목이다.

같은 말레이시아 짚을 사용해 보다 현대적으로 디자인한 무인양품 슬리퍼가 단돈 1,500엔이라 고민도 했지만 결국 야마가타산 '가호쿠 슬리퍼'를 골랐다. 웹페이지 속에서 상품명 위로 빛나던 광고 문구 "메이지 문호들이 사랑한"에 눈길을 빼앗겼기 때문이다. 메이지 시대에도 무인양품이 있었더라면 나쓰메 소세키라 한들 무인양품에서 샀겠지만. 어쨌든 나는 '장바구니' 버튼을 클릭했던 것이로소이다.

여름은 말레이시아 짚으로 만든 슬리퍼! 그리고 겨울은 무톤 룸 슈즈! 천연 소재를 잘 활용하면 매 계절을 한결 쾌적하게 날 수 있습니다. 가격이 나가도 좋은 것을 고르기로 한 이유는 천연 소재의 우수함을 실감했기 때문입니다. 예를 들어 앞서 소개한 캐시미어 100퍼센트 니트는 캐미솔 위에 입어도 충분히 따뜻합니다. 소재의 좋고 나쁨은 백이면 백 가격에 비례하는 듯합니다.

바람이 불면 통 장수가 돈을 번다

2013년 극장에서 개봉된 다큐멘터리 「큐티 앤드 더 복서」キューティー&ボクサー를 이제야 보았다. 일본에서 처음으로 모히칸 헤어스타일을 한 남자로 알려진 예술가 시노하라 우시오篠原有司男와 그 아내 노리코篠原乃り子의 뉴욕 일상을 그린 영화다.

시노하라 우시오(통칭 규짱)는 그림 도구를 붙인 복싱 글러브를 끼고 캔버스에 펀치를 해 그림을 그리는 '복싱 페인팅'으로 알려져 있다. 일본 현대 미술사를 얘기할 때 뺄 수 없는 존재이지만, 1969년 미국으로 진출한 이후 지금까지도 뉴욕에서 창작 활동을 계속하고 있는지는 몰랐다. 미국에서 작가로서 먹고 살기가 힘들어 집세조차 밀리는 나날, 돈이 떨어지면 작품을 팔러 일본에 가는 모습까지 영화에 담겨 있다. 참고로 영화 개봉 당시 그의 나이는 81세. 같이 활동하던 아카세가와 겐페이赤瀬川原平도 아라카와 슈사쿠荒川修作도 세상을 떠났지만 규짱은 아직 건재하다. 몸은 노인이지만 얼굴은 말썽꾸러기 그대로의 모습. 하지만 그 옆에서 한층 색다르게 나이 들고 있는 여성이 있다. 아내 노리코다.

소녀같이 양 갈래 머리를 땋은 노리코 씨의 머리는 흰색과 은색이 섞여 윤기가 나고 아름답다. 귀여운 얼굴에 나이를 가늠하기조차 힘들다. 소녀이면서 할머니이기

도 한 신기한 존재감에 이끌린다. 겉모습뿐만 아니라 그녀의 인생 철학과 내면 또한 매력적이다. 열아홉 살에 해외유학을 떠나 반년 만에 규짱을 만나서 바로 임신한 후 사십년간 전대미문의 남편을 보좌하는 "셰프 겸 비서 겸 시종메이드"으로서 살아왔다. 자신도 작가지만 집안일과 육아와 남편 뒷바라지에 쫓겨 창작 활동을 거의 할 수 없었다고한다. 갈등과 인내의 끝에 그녀가 만들어 낸 대표작이 「큐티＆불리」キューティー＆ブリー 연작이다. 남편을 모델로 한폭군 캐릭터에 불리bully라는 이름을 붙이는 등 오랜 세월쌓인 르상티망을 작품에 부딪히며 풀어 내는 모습이 정말통쾌하다.

　　노리코도 그렇고, 화가 발튀스Balthus와 결혼해 유럽에서 기모노를 입고 살았던 화가 이데타 세쓰코出田節子도 그렇고, 해외에서 예술과 더불어 살아가는 여성은 남들과 다른 자유로운 나이 듦의 방식을 갖게 되는 모양이다. 아줌마라는 전형성에 가두려는 상식에서 벗어나 점점 더속세 너머로 나아가는 것이다.

　　규짱보다 노리코에게 빠져 영화를 봤는데 그중에서도 아침에 몸단장을 하는 장면이 인상적이었다. 진지한얼굴로 머리카락을 빗고 단정하게 양 갈래로 묶는, 자다 일어나 부석부석한 머리가 정성스런 빗질을 거쳐 찰랑거리는 롱헤어로 변모하는 모습을 보고 나는 결심했다. 계속 고민하던 메이슨 피어슨Mason Pearson의 돈모 100퍼센트 고급 머리빗(영국제, 약 2만 엔)을 사야겠다고. 지금부터 삼십년 빗질에 공을 들여 언젠가 노리코 씨처럼 찰랑이는 은발레이디가 되고 싶다. 이 쇼핑은 그 꿈을 향한 첫걸음이다.

다큐멘터리 영화를 보고 2만 엔짜리 빗을 샀다. "바람이 불면 통 장수가 돈을 번다"는 속담이 딱 들어맞는 상황 아닌가.

"귀신이 없을 때 세탁을 한다"는 말도 있는데 규짱이 일본에 가 있는 동안 춤을 배우거나 혼자 뉴욕 하이 라인 공원을 산책하는 노리코 씨의 모습이 보기 좋았습니다. "우시오가 없어지니까 갑자기 집 안 공기가 깨끗해졌어"라고 말하는 노리코. 그래도 여전히 서로 사랑하는 부부라니 남녀 관계란 참 신기합니다. 규짱이라는 거대한 존재로부터 벗어나 홀로 지내는 노리코의 일상을 담담히 그리는 후편을 보고 싶습니다.

레인펍스의 장화

      매년 이 시기가 되면 레인 부츠를 살 것인지 고민에 빠진다. 통근을 하는 것도 아니니 레인 부츠가 없어서 난감한 것은 일 년 중 고작 며칠이다. 하지만 외출과 폭우가 겹치는 그 며칠은 정말 곤혹스럽다. 장마가 시작되면 한 달은 족히 지나야 끝이 나니 물론 부츠가 있으면 좋다. 그렇지만 부피가 워낙 크기도 크고, 없으면 없는 대로 잘 살아왔고… 이렇게 속으로 생각하며 컴퓨터 앞에 앉아 일을 하고 있었을 터였던 나는 어느새 장화를 찾아 검색창을 기웃거리고 있었다.

      처음 레인 부츠를 가지고 싶었던 건 2000년대 중반으로 거슬러 올라간다. 파파라치가 찍은 셀러브리티 사진이 '패션 참고용'으로 돌아다니고 셀러브리티의 애용 아이템이 유행하던 시기였다. 나는 이상하게도 어그Ugg의 무톤 부츠나 미네통카Minnetonka의 프린지 부츠에 열광했던 것과 달리 헌터Hunter의 레인 부츠에는 좀처럼 손이 가지 않았다. 헌터는 영국 왕실에 납품하는 유서 깊은 브랜드이며, 검은 고무 재질에 무릎 아래까지 오는 길이, 빨간 테두리의 사각형에 감싸인 로고와 투박한 벨트의 디테일이 승마 부츠 같아서 멋스럽다. 갖고 싶어! 하지만 역시 케이트 모스가 야외 페스티벌에서 신으니까 멋진 거겠지, 하면서 기가 죽었다. 게다가 이렇게 본격적인 레인 부츠라면 열차를 타거나 했을 때 습기가 금방 찰 것 같다. 출근할 때는 비가 퍼붓다가도 퇴근할 때가 되면 화창하게 개는 날도 많으니 말이다. 헌터 말고도 유명한 레인 부츠 브랜드는 많지만 역시나 어느 것도 결정타를 치지 못했다. 장화를 두고 할 말이 아니긴 하지만 길이가 너무 긴 것도 문제다.

어느 날 원고를 쓰다가 갑자기 떠올랐다. 지금까지는 '레인 부츠'로 검색했는데 한번 키워드를 '사이드 고어'(양옆이 고무 재질인 숏 부츠)로 해서 찾아보면 어떨까!? 과연, 키워드를 바꾸자 바로 좋은 물건이 검색에 걸렸다.

레인펍스Rainfubs라는 일본 브랜드에서 나온 사이드 고어 레인 부츠 '리겐 더블'リゲンダブル(세금 포함 9,180엔). 폴리염화비닐 소재이지만 고무 느낌은 전혀 들지 않고 가죽 신발처럼 보인다. 레인 부츠의 정의를 전면 부정하는 느낌이라 송구스럽긴 하나 이거라면 평범하게 사이드 고어 부츠로 신을 수 있을 듯하다.

장마 시작 후 이슬비가 내리는 날 이 장화를 신고 쇼핑을 갔다. 옷가게에서 시착을 위해 탈의실에 들어가면서 신발을 벗었더니 엄청 멋쟁이에 미인인 옷가게 점원이 내 레인 부츠에 반응했다.

"그거 어디 거예요?"

역질문을 받은 것이다. 이런 영광은 흔치 않다. 이번 쇼핑은 성공이야! 나는 자파넷Japanet의 다카다 아키라高田明 전 사장*처럼 힘찬 목소리로 이 레인 부츠를 만나게 된 경위와 이 레인 부츠가 얼마나 진짜 가죽 신발처럼 보이는지, 어디서 샀는지 등을 뜨겁게 얘기했다. 지금 여기 적은 것과 거의 같은 내용으로.

친구와 휴일에 느긋하게 쇼핑… 을 마지막으로 해 본 게 언제
였나 싶을 정도인 요즘은 혼자 외출할 때 자투리 시간이 생기
면 폭풍처럼 가게에 들이닥쳤다가 다시 폭풍처럼 나옵니다.
이 빠듯한 쇼핑의 동반자는 언제나 여성 점원들. 사이즈나 컬
러, 재고 현황을 틀어잡은 아름다운 전문가 여성들 덕분에 허
겁지겁하는 쇼핑도 쾌적합니다.

*   다카다 아키라는 통신판매 기업 자파넷의 창업자이며, 자사의 통신판매
    프로그램 MC로도 활동했다.

하우스 오브 로제란 무엇인가

얼마 전 하우스 오브 로제ハウスオブローゼ에서 여름 세일 DM이 왔다. 올해 여름 세일은 7월 31일까지라고. 잊지 않기 위해 수첩에 적어 둔다. 하지만 문득 생각한다. 이토록 내 생활에 밀착해 있는 하우스 오브 로제란 대체 무엇인가. 어느덧 17년이나 애용했건만 사실 잘 모른다.

하우스 오브 로제는 주요 백화점이나 역 빌딩에는 꼭 입점해 있어서 지나는 길에 매장을 본 사람이 많을 것이다. 스킨 케어를 중심으로 하는 화장품 메이커지만, 항상 신상품을 개발하고 인기 있는 여배우를 내세워 화려한 광고를 하는 일반적인 회사들과는 다른 차원에 있는 것 같다. TV 광고는 물론이고 잡지 광고조차 하지 않는데도 점포 수는 상당히 많아서 지난 17년간 이사를 다녔지만 어디서나 하우스 오브 로제를 만날 수 있었다. 얼마 전까지 스타벅스가 없던 돗토리현에도 점포가 두 곳 있다. 후쿠이현에만 없긴 했지만 조만간 출점할 것이라 확신한다. 하우스 오브 로제는 "후쿠이의 여성들에게도 빨리 우리 상품을 알려야지" 벼르고 있을 것이다. 잘 모른다면서 실은 이렇게 한없이 좋게 생각하고 있는 나.

하우스 오브 로제의 매장은 자기 주장이 강하지 않고 분위기가 청초하다. 상품 패키지도 드러그 스토어에 잔뜩 늘어선 흔한 상품들과 달리 고급스러운 유럽풍이다. 점원들은 한결같이 인상이 좋고 상담도 정성스러우며 고객 관리가 철저하다. 요즘은 어느 가게나 고급스러운 느낌을 내려 두꺼운 포인트 카드로 고객을 모아들이지만 하우스 오브 로제는 시종일관하게 수기 종이 카드를 고수하고 있다. 어플리케이션 등록 같은 귀찮은 일은 시키지 않는다.

간판 상품인 '밀큐어 퓨어 워시＆파우더'ミルキュア ピュア ウォッシュ＆パウダー(세금 포함 4,104엔)는 끈적이는 액체와 입자가 고운 파우더를 섞어서 쓰는 특이한 세안용 클렌저다. 그 이름답게 농후한 우유향을 풍기며 두터운 각질을 제거하는 기능이 발군이다. 오랫동안 애용하긴 했지만 잘 생각해 보면 세안 클렌저가 이 가격이라니, 거의 샤넬급 아닌가 싶다. 하지만 샤넬에 대해선 창업자의 인생부터 명언까지, 심지어 디자이너인 칼 라거펠트Karl Lagerfeld가 키우는 고양이 이름까지 알고 있는데 하우스 오브 로제에 대해선 아는 것이 하나도 없다. 항상 가까이에 있지만 사실은 엄청나게 신비롭고 고고한 존재인 것이다.

포인트 카드의 할인율도 시원스럽고 특별 세일 정보도 적극적으로 알려 주지만 강요하는 느낌은 전혀 들지 않는다. 적어도 내가 애용한 17년 동안은 무엇도 변하지 않았고, 경영 방침이 흔들린 적도 없다. 아무리 생각해도 여간내기가 아니다. 대단한 경영 철학이 있을 것도 같지만 소리 높여 주장할 생각이 없는 모양이다. 그런 부분이 더 마음에 든다. 그래야 나의 하우스 오브 로제지!

이 연재도 슬슬 끝을 앞두고 있어서 소개할 기회를 놓치고 싶지 않은 마음에 하우스 오브 로제를 다뤘습니다. 『주간 문춘』의 연재 필자로서 최고의 무대에 하우스 오브 로제를 향한 사랑을 외치고 떠나고 싶었습니다. 그만큼 혼자 애정하는 브랜드였습니다. 아예 주식을 사고 싶을 정도로…. 그런데 이번 글로 창업자 님께 편지를 받게 되어 감격스러웠어요. 제 작은 사랑이 전해졌다니 그걸로 만족합니다. 앞으로도 애용할게요!

룸바는 사랑

재밌는 책을 읽었다. 아코 마리阿古真理가 지은『고바야시 가쓰요와 구리하라 하루미: 요리 연구가와 그 시대』小林カツ代と栗原はるみ:料理研究家とその時代(780엔+세금)는 전후 시대에 활약한 요리 연구가의 레시피와 개성을 통해 각 시대의 주부상과 사회 배경을 망라한 책이다. 요리 연구가라는 친근한 존재를 통해 자연스럽게 여성사를 체계적으로 조망한다.

그중에서 고바야시 가쓰요 파트에 충격적인 내용이 있었다. 고바야시 가쓰요로 말하자면 과정을 최대한 줄이는 단축 요리의 선구자다. 그녀의 등장에 앞서 1968년에는『가사 비결집: 능숙하게 게으름 피우는 법 400』家事秘訣集:じょうずにサボる法·400이라는 책이 베스트셀러가 되었는데, 주부들에게는 지지를 받았지만 일부 남성에게 맹비난을 받았다고 한다. 가사에 참여하지 않는 남자들이 왜? 의아했는데 아무래도 '게으름'이라는 태도가 반감을 샀던 모양이다. 세탁기가 등장했을 때도 전기밥솥이 등장했을 때도 '주부가 일하지 않게 된다'며 반대하는 남성들이 있었다. 그들은 아내와 어머니가 아침부터 밤까지 집에서 쉼 없이 일하길 바랐던 것이다.

흐음…. 그렇다면 그 남성들 기준에서는 룸바 같은 것은 꿈도 꾸지 말아야 할 물건 아닐까? 로봇 청소기 룸바가 있으면 사람이 청소기를 돌리는 시간은 한없이 0에 가까워지니까.

결국 나는 룸바를 샀다. 가전 양판점에서 포인트 2만 엔에 현금 5만 엔을 더해서. 엄청난 지출이다. 하지만 이렇게 잘 샀다 싶은 것이 또 없다. 미지의 가전 제품이라 얼마나 성능이 좋을지 전혀 예상이 되지 않아서 계속 손을 대지 못하고 있었던 건데 정말 사길 잘했다. 혁신적 신상품에 제일 먼저 뛰어드는 소비자를 얼리 어댑터라고 한다는데 나는 2002년 룸바 발매로부터 13년이나 지나서야 겨우 구입을 결단한 것이다.

그간 개량을 거듭한 덕인지 성능이 상당하다. 바닥을 치우고 룸바를 작동시키면 집 안을 구석구석까지 돌아다니며 쓰레기와 미세 먼지를 빨아들이고 청소가 끝나면 자기 힘으로 집(홈 스페이스)에 돌아가 조용히 충전을 한다. 그 건실한 모습, 임무 완료 같은 중요한 장면마다 발하는 스위치 소리의 기특함, 무엇보다 '룸바'라는 이름이 풍기는 치명적인 귀여움까지. 어딜 봐도 사랑스럽기만 하다. 주요 메이커들이 다 로봇 청소기를 만든다지만 떡은 떡집에서 사야 하는 법. 또 어감이 주는 신뢰감 때문에 아이로봇사의 룸바로 정했다.

세탁기나 전기밥솥이 주부를 편하게 해 주는 것에 부정적 반응을 보인 옛날 남성들도 룸바에게라면 마음을 열지 않았을까. 현대에는 오히려 남자들이 솔선해서 룸바를 사니 말이다. 계속 '내가 샀다'고 말했지만 사실 룸바를 구입한 것은 남편이다. 남자가 룸바를 좋아하는 마음을 왠지 잘 알 것 같다.

참고로 우리 집 고양이는 아직 룸바를 타 주지 않는다. 앞으로도 절대로 타 주지 않을 것 같다.

가전제품의 발달에 따라 정말 주부의 일이 줄어들었을까요? 루스 슈워츠 코원Ruth Schwartz Cowan이 지은 『미국 기술의 사회사: 초기 아메리카에서 20세기 미국까지, 세상을 바꾼 기술들』Social History of American Technology을 읽어 보시기를 권합니다. 아무튼 룸바를 도입한 이후 청소가 극적으로 간단해졌습니다. 저는 청소와 정리는 완전히 다른 것이고 양쪽을 다 잘 하는 사람은 많지 않다는 지론을 가지고 있습니다. 저는 정리는 좋아하지만 청소는 귀찮아하는 쪽이라 룸바가 구세주였어요!

커피와 쇼와와 나

　　쇼와 시대의 유행 작가 시시 분로쿠獅子文六의 작품이 최근 지쿠마 문고에서 복간되고 있다. 『일곱 시간 반』七時間半(840엔+세금)이라는 소설은 출간되자마자 샀지만 아직 읽어 보지 못했다. 이 책은 프랑키 사카이フランキー堺 주연의 「특급 닛폰」特急にっぽん으로 영화화되기도 해서 계속 보고 싶었지만 이 또한 아직 보지 못했다. 원작 소설과 영화, 무엇을 먼저 볼까나….

　　원작이 있는 영화일 경우 공략 순서가 항상 고민된다. 원작부터 먼저 읽으면 영화를 볼 때 각색이 어떻게 되었는지 너무 신경 쓰이고 캐스팅에 대해서도 내 안의 인물 이미지와 비교하며 다소 삐딱한 시선으로 보게 되기 쉽다. 반대로 영화부터 보면 영화의 잔상을 쫓는 독서가 되어 두근거림이 덜하다.

　　그런 점에서 시시 분로쿠의 『커피와 연애』コーヒーと恋愛(880엔+세금)는 영화부터 봤지만 원작도 충분히 즐길 수 있었다. 영화판은 「카히도에서 난쟈몬쟈」「可否道」よりなんじゃもんじゃ라는 제목으로 쇼와 38년에 개봉했다. 주인공인 모에코를 연기한 배우는 원작 속 모에코의 나이(43세)와 당시 나이가 같았던 모리 미쓰코森光子! 연하의 남편과 살고 있는 모에코는 커피를 천재적으로 맛있게 내린다. 일에 치여 지친 남편도 모에코가 내린 맛있는 커피를 마시면 기분이 좋아진다.

쇼와 중기에 출판된 소설에서 쓰이는 단어 '커피'에는 아직 서양에 대한 동경이 감돌고 있다. 커피 그라인더는 '커피 갈이', 페이퍼 필터는 '면 플란넬 거름망'이라 부른다. 영화에서는 드리퍼 대신 이 거름망을 커피 포트에 바로 씌우고 주전자로 뜨거운 물을 부어 커피를 내린다. '가히카이'可否会라는 이름의 커피 마니아 모임도 나오는데 확실히 커피는 빠지면 끝이 없는, 바닥없는 늪 같은 취미다.

나도 최근 몇 년간 원두를 사서 수동 커피 그라인더로 갈아 마시면서 조용히 커피에 열중하고 있었다. 하지만 매일같이 드르륵드르륵 내 손으로 원두 갈기를 3년, 마침내 힘에 부친다는 걸 인정하게 되었다. 전동 커피 그라인더를 가지고 싶어 찾아보니 이것이 또 다른 매혹의 세계였다. 단지 콩을 갈아 주기만 하는데 가격 폭이 엄청나게 넓었다. 비싼 것으로는 후지 로얄Fuji Royal의 '미룻코'みるっこ(약 5만 엔) 등이 있는데, 한눈에 전문가용임을 알 수 있는 묵직한 모습에 물욕이 끓어오른다. 하지만 5만이라니!

원래는 예산을 5천 엔 정도로 잡고 있었지만 5만이라는 숫자를 본 순간 내 안의 시세가 솟구쳤고 세련된 외형의 보덤Bodum '비스트로 전기식 커피 그라인더'ビストロ電気式コーヒーグラインダー(16,000엔+세금)로 구입을 결정하는 것은 어려운 일이 아니었다. 매일 아침 버튼 하나로 원두를 갈 수 있다는 기쁨을 주체하지 못하겠다(그만큼 수동으로 콩을 가는 게 번거로웠다).

한편 시시 분로쿠가 재조명되면서 인기를 끄는 모

습에 문득 겐지 게이타源氏鷄太의 이름이 떠올랐다. 아야야 (와카오 야아코)가 주연한 「명랑 소녀」 등의 영화에서 "원작 겐지 게이타"라는 엔딩 크레디트를 자주 볼 수 있었는데 책은 거의 절판 상태라 아직 한 권도 읽어 보지 못했다. 『마루빌딩 아가씨』丸ビル乙女 같은 건 얼마나 재밌을까? 지금 가장 읽어 보고 싶은 소설일지도 모르겠다.

"옛날엔 겐지 게이타의 소설을 많이 읽었어요." 지긋한 연배의 독자님으로부터 반가운 후기가 들려오더니 지인이 『마루빌딩 아가씨』를 선물해 주었습니다. 게다가 놀랍게도 지쿠마 문고에서 기다리고 기다리던 겐지 게이타의 소설 복간을 진행한답니다! 1탄인 『명랑 소녀』의 해설을 감히 제가 쓰게 되었습니다. 알고 보니 겐지 게이타는 동향의 대선배님으로 『나의 문단적 자서전』わが文壇的自叙伝에 따르면 그 고향 집이 우리 집에서 꽤 가까웠다네요.

호텔 오쿠라 예찬

　　상경한 지 곧 10년. 동경하던 도쿄는 살아 보니 의외로 놀라움이 없는 곳이다. TV나 잡지, 인터넷을 통해 나도 모르게 도쿄에 대해 필요 이상으로 많은 것을 습득했던 모양이다. 무엇이든 미리 정보를 얻을 수 있는 세상에서는 무지로 인한 강렬한 감동과 마주치기 어렵다. 도쿄에서 내게 그나마 가장 큰 문화적 충격을 주었던 것은 시부야의 스크램블 교차점도 만원 전철도 아닌 고급 호텔이었다.

　　2008년에 문학 신인상을 받아 수상식 참석을 위해 생전 처음으로 게이오 플라자 호텔에 갔다. 호텔의 티 라운지는 3층인데도 창문 너머로 녹음이 넘쳐났고, 소파는 더할 나위 없이 편안히 배치되어 있었으며, 셀럽처럼 보이는 사람들이 낮부터 여유를 즐기는 모습에 여러 의미로 주눅이 들었다. 천 엔이 넘는 홍차를 마시며 찻잔을 잡은 손이 떨려 달칵달칵 소리를 냈던 그 순간을 아직도 기억한다.

　　이제는 나도 작가의 말석에 끼어 고급 호텔에 갈 기회가 드문드문 있다. 회의를 하러 갔던 오다큐 호텔 센추리 서던 타워 20층의 레스토랑 트라이벡스도 상당히 인상적이었다. '인터컨티'라길래 프로레슬링을 떠올렸던, ANA 인터컨티넨탈 호텔 도쿄(구 도쿄 젠닛쿠 호텔)에도 가 보았다. 도쿄의 고급 호텔에는 '격' 같은 것이 있고, 그 최고봉으로 쳐 주는 세 곳이 데이코쿠 호텔, 호텔 뉴 오타니, 그리고 호텔 오쿠라라는 것을 안 것은 비교적 최근의 일이다.

이 세 곳 중에서도 호텔 오쿠라 도쿄는 정말 엄청나게 특별한 존재다. 귀갑 무늬 혹은 삼잎 무늬라고 부르는 옛 일본의 고전 문양을 모던하게 변주해 귀족적인 우아함이 물씬 풍긴다. 일본의 건축물에서 종종 비치는 부자연스러운 저렴함은 티끌만큼도 찾아볼 수 없다.

그 호텔 오쿠라 본관을 헐어 버린다는 뉴스에 나는 크게 충격을 받았다. 도쿄는 낡은 설비를 정리하고 새로운 설비를 들이거나 구 점포를 신 점포에 통폐합하는 경향이 심해 언젠가 방문하려 마음 먹었던 장소가 가 보기 전에 없어지는 일이 흔하다. 설마 이걸 철거할까 싶었던 것들도 여지없이 철거당한다. 그 무자비함만큼은 세계 최고 수준이다. 해외에서 문화계 인사들 주도로 오쿠라 해체 반대 운동까지 있었다고 들었지만, 결국 본관의 영업은 2015년 8월까지로 결정되었다 한다.[*]

적어도 하루의 숙박과 명물로 알려진 조식 프렌치 토스트는 경험해 보아야겠다고 서둘러 예약을 잡았다. 호텔 오쿠라 로비의 상징이기도 한 각구슬 모양 오쿠라 랜턴을 눈이 아플 때까지 새기고 와야지.

가능하면 숙박을 해 보고 와서 오쿠라의 훌륭함을 주저리주저리 적어 내려가며 한껏 예찬하고 싶었지만, 사실 다음 회가 이 연재의 마지막 글이라 아슬아슬하게 타이

[*] 2020년 호텔 오쿠라 신 본관이 같은 위치에 개관했다. 41층 건물 중에서 특히 1~2층은 구 본관의 미학을 계승하는 데 많은 노력을 기울였다고 한다.

밍이 맞지 않게 되었다. 일단 가격을 적어 두자면 수페리어 트윈, 어른 2명, 조식 포함으로 1박 약 3만 5천 엔이다. 생각한 가격의 절반 정도라 조금 서글프기까지 했다. 조금 더 으스대도 될 텐데 말이다. 그렇게나 아름다우니.

오쿠라 본관처럼 훌륭한 건물이 없어지는 슬픔은 필설로 다 표현할 수 없습니다. 사정이 있겠지요. 이미 정해진 일이기도 하고요. 마지막 기회이기도 한 만큼, 잊지 못할 추억을 만들겠다고 결심하고 계획에도 없던 결혼식을 오쿠라에서 열기로 했습니다! 노포 고급 호텔임에도 스태프 분들이 하나같이 겸손하고 내 집에 온 것처럼 환대해 주셔서 너무 좋았습니다. 고향에 계신 부모님도 몹시 기뻐하셨고요.

리틀 블랙 드레스

리틀 블랙 드레스, 말 그대로 심플한 검정색 드레스를 뜻한다. 드레스라는 단어에서 자연히 화려하고 장식적인 이미지를 떠올리게 되지만, 이 드레스는 그 반대에 위치한 장식이 없으면서도 맵시 있는 드레스다. 옛날의 서양 여성들은 거의 웨딩드레스만큼 장식적인 옷을 일상적으로 입었는데 그것을 코코 샤넬Coco Chanel이 바꿔 놓았다. 리틀 블랙 드레스는 '여성이 속박에서 벗어나기 시작한 시대의 자유로운 복식'을 상징하는 옷이다.

리틀 블랙 드레스의 역사 속에서도 가장 유명한 한 벌은 오드리 헵번이 「티파니에서 아침을」Breakfast at Tiffany's에서 입은 지방시 칵테일 드레스다. 여러 겹으로 두른 진주 목걸이와 티아라를 쓴 모습은 그대로 아카데미 시상식에 가도 될 만큼 우아했다. 극중에는 옷자락에 프릴이 달린 또 다른 리틀 블랙 드레스를 입은 장면이 적어도 세 번은 나온다. 차양 넓은 플로피 햇을 쓰고 마피아를 면회하러 가는가 하면, 커다란 목걸이와 귀고리 그리고 긴 담뱃대(시가렛 홀더)를 한 손에 들어 에지를 살린 패션으로 파티에 참석하고, 클럽에 놀러 갈 때는 깃털로 장식한 특이한 모자를 써 변화를 주었다. 리틀 블랙 드레스 입기의 표본이라 할 만한 돌려 입기 기술이다.

검정 원피스는 어디서나 팔지만 돌려 입기 쉽게 단

순한 디자인으로 된 것을 찾기가 은근히 힘들다. 꼭 쓸데없는 장식이 달려 있곤 하기 때문이다. 대략 반년 전쯤 겨우 그런 리틀 블랙 드레스를 발견했다. 어지간한 집의 월세 못지않은 가격이었다. 그 이래로 즐겨 입고 있는데 매번 액세서리나 구두를 바꿔서 가능한 한 같은 옷으로 보이지 않도록 신경을 쓴다. 리틀 블랙 드레스를 돌려 입어 보고서 알게 된 사실은 이 옷이 무척 경제적이라는 점이다. 입을수록 감가상각이 되는 것은 물론이고 약속 전날에 입고 나갈 옷이 없다고 절규할 일도 없어져서 마음이 평온해진다. 이만하면 싼값에 마음의 평화를 산 것이라고 스스로를 달랜다.

프라다 장지갑으로 시작한 이 연재도 이제 마지막 회. 딱히 명품을 사 모으지도, 투자에 흥미를 가지지도, 아파트를 사거나 하지도 않고 그저 담담하게 필요한 물건을 소비하며 평범히 생활했다. 그럼에도 1년 조금 넘는 동안 한 번도 소재가 끊이지 않았던 점이 그저 놀랍다.

나이나 주머니 사정 등과 타협해 가면서 조금씩 모아 온 물건들로 지금의 내가 이루어졌다고 할 수 있다. 지갑, 우산, 백, 수첩, 구두, 청바지, 머리빗, 책상…. 매일의 식사가 모여 한 사람을 이루듯이, 스스로 고심해서 고른 물건들로 내 모습을 만들어 가고 있다. 그런 만큼 소홀히 할 수 없다.

앞으로는 소유한 것들을 오래 쓰는 게 목표다. 다음 주에는 마침 모서리가 벗겨지고 있는 프라다 지갑의 수리를 맡기러 이세탄 님에 갈 예정이다.

그토록 이세탄 님, 이세탄 님 외쳐댔으면서 서민적인 동네로 이사해 활동 장소가 바뀌면서부터 신주쿠와는 한참 멀어졌습니다. 대신 요즘에는 긴자나 마루노우치, 니혼바시 같은 어른스러운 동네에 드나들고 있습니다. 고된 니트 시절을 보낸 탓인지 스스로 번 돈으로 좋아하는 것을 살 수 있다는 기쁨이 한층 더 큽니다. 반대할 것도 예찬할 것도 없이, 그저 적당히 성실한 소비자로서 앞으로도 살아가려 합니다.

끝.

좋아하는 것들로 가득 채워진 쇼핑백처럼

'쇼핑을 자주 하는 사람은 불안하다, 마음의 안정을 찾기 위해 쇼핑을 한다, 쇼핑은 기분 전환을 위한 수단일 뿐이다, 현실 도피 욕구가 강한 쇼핑 충동을 불러일으킨다, 부와 권력의 이미지를 갖기 위해, 혹은 스트레스나 상실감 때문에 쇼핑을 한다….'

우리가 쇼핑을 하는 이유를 이렇게 비판적으로 분석하는 심리학자의 글을 읽은 적이 있다. 한편으로는 고개가 끄덕여지지만 내가 생각하는 쇼핑이란 어쨌든 기분 좋은 행위다. 갖고 싶은 것을 손에 넣어서라기보다 고르고 사는 행위 자체에서 기쁨을 느낀다. 그래서 쇼핑이라는 단어만 들어도 설레고 즐겁다.

그렇다면 우리가 물건을 사는 이유는 자유를 느끼기 위해서일까? 그뿐만이 아니라 무언가를 만들어 내기 위해서이기도 할 것이다. 그리고 그 무언가를 일상의 서사라 불러도 좋을 것이다. 반면 소비가 이야기의 창조로 이어지지 않는다면 앞서 본 것과 같은 비판으로부터 자유로울 수 없다. 내 일상에 더불은 소중한 쓰임을 위해서가 아니라 그저 소유하기 위해, 누군가에게 자랑하고 그 반응을 즐기기 위해 물건을 사는 행위는 결국 소모적이다. 우리가 물건을 사는 이유는 일상을 영위하고, 새로운 추억을 쌓아 가는 데 있는 것이다.

지은이가 부려 놓은 65편의 사연, 그가 물건들과 함께 지은 이야기들을 따라가다 보면 내가 나의 물건들과 더불어 만든 추억은 무엇일까 뒤돌아보게 된다. 특별히 내세울 건 없어도 소중한 일상들이 사물이라는 필름 위에 새겨져 있는 것을 발견하게 된다. 나와 내 물건들의 이야기는 자극적이지도 특별하지도 않다. 하지만 그 무미함 속에서 엷으나마 고유한 단맛을 음미할 수 있다면 나의 일상을 소소하게나마 하나의 작품처럼 가꿨다고 할 수 있지 않을까.

　　'여자에 의한 여자를 위한 R-18 문학상'을 수상하며 등장해 여성의 시선으로 세계의 리얼리티를 그려 내는 작가로 부상한 야마우치 마리코.『쇼핑과 나』는 그의 물건에 얽힌 추억과 사연을 엿볼 수 있는 에세이로서 솔직 발랄한 입담과 스마트한 쇼핑 노하우가 빛을 발한다. 가성비만 따지지 말고 좋은 물건이라면 망설임 없이 사자, 소유가 아니라 경험에 방점을 찍자, 누군가를 흉내 내거나 남에게 보여 주기 위한 쇼핑이 아니라 자신이 원하는 걸 사자 등등. 쇼핑을 대하는 태도가 꾸밈없이 드러나는 작은 사연들이 이 책에 담겨 있다.

　　부제에 등장하는 이세탄이라는 고유명사는 쇼핑에 대한 지은이의 동경과 설렘을 상징하는 공간인 신주쿠 이세탄 백화점을 가리키는 말이다. 이세탄 백화점은 1886년에 창업한 일본에서 가장 오래된 백화점으로, 현지에서도 가장 인지도가 높은 곳이다. 기하학적이고 고풍스러운 아르데코 양식의 건물이 도쿄의 역사적 건축물로 선정되어 있기도 하다. '세계 최고의 패션 박물관'이라는 콘셉트로도 잘 알려진 이세탄 백화점 앞에서는 매일 아침 문이 열리면 오픈을 기다리던 사람들이 일제히 입장하는 장관이 펼쳐진다. 언제나 다양하고 새로운 상품을 선보여 마치 박물관을 둘러보는 것 같은 즐거움을 주기 때문이리라.

나 역시 이세탄 백화점에 각별한 애정을 품고 있다. 도쿄에서 10년이 넘도록 거주하는 동안 이세탄 백화점을 수없이 드나들며 많은 추억을 만들었다. 대학교 1학년 때 큰맘 먹고 고급 가죽 다이어리를 구입하며 느꼈던 설렘이 여전히 생생하고, 수차례의 방문과 고민 끝에 친구의 결혼 선물로 샀던 명품 덴마크 식기는 식기만큼이나 우아했던 포장을 잊을 수 없다. 1년에 한 번 꼴로 한국에 돌아올 때마다 생활비를 아껴 부모님 선물을 샀던 일도, 외할아버지가 좋아하시던 양갱을 지하 식품관에서 다리가 아프도록 줄서 기다려 구입했던 일도 모두 소중한 기억이다.

그런데 여기서 고백하자면 나는 한창 직장 생활을 할 때 쇼핑 중독에 걸린 적이 있다. 그러다 몇 년 전 미니멀리즘에 눈을 뜨면서부터는 'BUY NOTHING'을 실천하려 노력도 하고, 착한 소비로 환경에 대한 부채감을 덜어 보려 부단히 애쓰기도 했다. 그럼에도 여전히 나를 설레게 하는 물건을 발견하면 지갑을 연다. 달라진 점이 있다면 자신의 소비 습관을 수시로 돌아보고, 과연 무엇이 현명한 소비인지 생각하며 쇼핑에 임한다는 것이다. 누군가에게 보여 주기 위한 소비가 아니라 스스로의 만족감을 추구하는 쇼핑은 강박으로부터 자유롭다. 누군가를 모방하기 위한 소비가 아니라 내 일상에 이야기를 만들어 주는 쇼핑은 언제나 즐겁다.

　　좋아하는 물건을 하나둘 구입하는 이야기를 중심으로 나름의 쇼핑 노하우부터 환경 의식에 이르는 생각까지 담아낸 다채로운 사연들은 옮긴이이자 첫 번째 독자인 나를 읽는 내내 미소 짓게 했다. 색도 모양도 다른, 온갖 설렘이 조화롭게 뒤섞인 쇼핑 백이 작가가 좋아하는 매력적인 물건들로 가득했기 때문이리라. 마냥 천진하게 소비를 즐기기만 할 수 없는 세대로 자랐지만, 이 에세이를 통해 좋아하는 물건들을 망설임 없이 추천할 수 있어서 기뻤다는 지은이의 말에 공감하며, 나 또한 좋아하는 물건과 더불어 추억의 조각들을 모아 보자고 마음을 먹었다.

　　『쇼핑과 나』를 펼친 독자들에게도 같은 느낌이 고스란히 전해지면 좋겠다. 좋아하는 것들로 채워진 쇼핑 백처럼 즐거운 마음으로 가득 차면 좋겠다.

쇼핑하기 좋은 2023년 가을날에
박선형

쇼핑과 나
이세탄에서 사랑을 담아

1판 1쇄 2023년 11월 20일

지은이 야마우치 마리코. 옮긴이 박선형.
펴낸곳 넘실. 펴낸이 김효진. 제작 상지사.

넘실. 주소 고양시 덕양구 화신로 298, 802-1401.
전화 02-6085-1604. 팩스 02-6455-1604.
이메일 luciole.book@gmail.com.
넘실은 리시올 출판사의 임프린트 브랜드입니다.

979-11-90292-20-7 03800